林鹏著

平旦札

山西出版集团

三晋出版社

图书在版编目（CIP）数据

平旦札 ／ 林鹏著. —太原:三晋出版社,2009.3
ISBN 978 – 7 – 5457 – 0051 – 0

Ⅰ. 平… Ⅱ. 林… Ⅲ. 随笔—作品集—中国—当代
Ⅳ. I267.1

中国版本图书馆 CIP 数据核字(2009)第 029237 号

平旦札

著　　者：林　鹏
责任编辑：张继红

出　版　者：山西出版集团·三晋出版社
地　　　址：太原市建设南路 21 号
邮　　　编：030012
电　　　话：0351 – 4922268（发行中心）
　　　　　　0351 – 4956036（综合办）
E – mail：sj@sxpmg.com
网　　　址：http://sjs.sxpmg.com

经　销　者：新华书店
承　印　者：山西文博印业有限公司
开　　　本：787mm×1092mm　1/16
印　　　张：14
字　　　数：160 千字
版　　　次：2009 年 3 月　第 1 版
印　　　次：2009 年 3 月　第 1 次印刷
书　　　号：ISBN 978 – 7 – 5457 – 0051 – 0
定　　　价：20.00 元

作者近照

目　录

引　言

　　我欣赏五柳先生,好读书不求甚解。往往深夜读书,不知东方之既白。孟子曰"平旦之气",朱熹曰"清明之气"。气之为气,大矣哉。人争一口气,佛争一炉香。古人云,读书得间,心知其意。有时记下几句心得,是耶,非耶,知耶,未耶,不知究竟,只觉平淡无奇。忽然想起陶渊明的诗句:"披褐守长夜,晨鸡不肯鸣。"进入老年,旧习不改,翻翻读过的烂书,抄抄昔日的批语,积少成多,命之曰《平旦札》。平旦者,平淡也。谨志。

八十叟蒙斋

2008年1月8日于东花园

(昨日得一曾孙女,大喜,特记)

平旦札

一

　　1995年7月，在山西省图书馆大会议室，召开我的历史小说《咸阳宫》的座谈会，大家说了许多有关《咸阳宫》的赞许的话，后来让我发言，我引用了孟子的话，"仁者无敌"。我说，我坚信"仁者无敌"是颠扑不灭的真理。我认为，"仁者无敌"是中国古典学术中最根本的思想主线，是儒学的思想主线，等等，说了一通。后来有一天，忽然想起，我的说法对不对？《十三经》里就只有《孟子》这么说，别的经书里也应该有这话吧。我就查《十三经索引》，大出我的意料之外，《十三经索引》竟然根本没有这话，没有"仁者无敌"，不列条目，不算成语，不算成词……《孟子》有呀，为何不列？不可解。后来又查多种辞书，新《辞海》，老《辞海》，新《辞源》，老《辞源》，《汉语大词典》，《古汉语词典》以及《四书五经大词典》，一概没有。我有点着慌，难道是我记错了吗？

　　我认为"仁者无敌"，当是自古相传的古语，古成语，古谣谚，古训。朱熹说："盖古语也。"看《孟子·梁惠王上》的语气："故曰，仁者无敌，王请勿疑。"这是一句妇孺皆知的古语，不用解释，毋庸置疑。这么重要的古语，古代成语，居然各种辞书和索引都不见踪迹，这问题严重了。偌大中国，如此众多的学者，竟然丢失了最重要的成语，最成熟的思想，最高级的真理，如何了得！我想，至少说，二十世纪一百年间,没有人用过这一成语。如果有人用这个成词,成语,就会发觉《十三经索引》的缺失。但,没有发现。《十三经索引》从三十年代到九十年代,多次印刷,多次修订,但,没有发现,没有修订。于是,我查了谭嗣同的《仁学》,果然,他书中没有"仁者无敌"一语,也没有类似的话语。然而在《孟子》书中却说过不止一次这样的话,如《尽心章句下》:"仁者无敌于天下";"国君好仁,天下无敌"。我于是又想到了朱元璋为什么执意要从文庙驱逐孟子,后来又想方设法修改《孟子》的书,是不是就为这话。

自从有了皇帝以后,许多事情荒谬之极,不可思议。常常黑白颠倒,不可捉摸。再者,我又想到,近代以来,中国人奋发图强,积极进取,尤其是二十世纪,把一个最重要最根本最伟大的真理忘记了,丢失了,或者说遗失了。就像遗失一切一样,遗失了自己,"我在哪儿?"自然对什么伟大的精神遗产就更不在话下了。

二

我虽然没有做过什么轰轰烈烈的事情，却想过许多轰轰烈烈的问题。不过也就是想想而已，岂有他哉！例如有关仁，仁是什么，说法甚多，孔子的说法也多，莫衷一是，两千多年就这么过来了。要是较个真，长长短短，七股八叉，徒增淆乱耳。

知识分子们总是在文本里讨生活，在文本里作祟，翻过来掉过去，书面文字而已，甚至抱住《说文》不放，也是不可救药。学问越大的人越是如此。例如仁，仁者人也，仁者爱也，仁者爱人也……没完没了。最近，有了新的解释，仁者二人也，二人即人际关系。比较来说，这就进了一步，不怎么死钻文本了。然而，在我看来似乎还有隔膜，还没有真正抓住根本。要我说，仁者二人也，二人者夫妇也。

夫妇不是一般的人际关系，是爱的结合，是感情，是道德，是天地之大经大法，是阴阳之合和，是万物之根本，世界之滋始……有了夫妇，才有子女，才有兄弟，才有家庭，才有亲戚，才有朋友，才有国家，最后才有君臣，才有所谓的天下。没有夫妇，这一切都不可能产生。这就是"造端乎夫妇"的端（《中庸》）。这中间最重要的是亲戚。

二人者夫妇也，夫妇者二姓也。同姓不婚，自古而然。所有的婚姻都是异姓，许多的婚姻就组成庞大的异姓群体，这就是氏族联盟或叫部族（部落联盟），这就是上古的所谓国。古者天下万国，恐怕不只一万吧……周天子会见诸侯，同姓一律称叔，异姓一律称舅（不论辈分，也不管是否结过亲），这就是周天子的天下观。所以"以仁为己任"，也可以写做"以天下为己任"。如此就成了：仁者二人也；二人者，夫妇也；夫妇者，异姓亲戚也，异姓亲戚者，天下也。也可以说，仁者天下也，或说天下者仁也。

三

儒家经典就是《十三经》,其实不止《十三经》,《皇清经解》和《皇清经解续编》所包含的大大超过了十三,有《国语》,有《逸周书》,有《夏小正》(《大戴礼记》),并且有《说文》和《白虎通》,这就够十八了。

再如《二十二子》(原是清末浙江书局出版)也不限于子书,有《山海经》,《黄帝内经》和《竹书纪年》。所以说,有关经、史、子、集的四部的概念,早已突破了原来的框框。

自从秦王政二十六年自封为皇帝,中国历史掀开了长达两千余年的新篇章,这是个重要界限。秦国兼并六国号称大一统之后,不过十多年就彻底灭亡了。一个十多年的短命王朝,用不着重视;然而不幸得很,历史上大吹秦始皇的不乏其人,一直吹到上世纪七十年代的"批林批孔"运动中,把秦始皇吹上了天。可见小人得志则是非当皇帝不可,若是英雄得志是非当秦始皇不可。帝王思想和帝王文化就是这么发生和发展的,无可奈何。黑格尔说,凡是存在的都是合理的。大概是吧。

这就迫使有见地有思想的人们,迫切地想看清在没有皇帝以前,世界是什么样子?人们怎么生活?人们的精神状态又是如何?等等,等等。就是说在秦王政二十六年以前,即公元前221年以前,中国的学术情况究竟如何。要知道这正是德国人亚斯贝斯所说的"轴心期"(德国人好用轴心一词,莫明其妙),我猜想或许就是成熟期吧。在全世界,这一时期的学术成就和思想成果,是后来的人类所

· 5 ·

无法超越的。不仅是希腊、罗马,中国亦然。而且中国当时没有宗教,无论怎么说,比有宗教的情况更清明,更实在,更清醒,更现实,甚至更高超,更富有理智。这已经是不争的事实,并且已为全世界有识之士所认同。

　　我说这些有要没紧的话,意思就是需要有人编一部"东周学库",以便于中国人自己研究自己的思想学术的历史。如此而已……

四

　　"仁者无敌"是一个颠扑不灭的伟大真理。这个无敌不是打遍天下无敌手的无敌，不是以暴易暴的以武力经营天下的称王称霸的，那种外强中干色厉内荏的虚弱的不堪一击的号称的强大，号称的无敌于天下的无敌；所谓战无不胜的什么，实际上是从来没有胜过，即使偶然胜一回，也是侥幸而已，算不得什么胜利。仁者无敌的真正意义，真实意义，是仁者根本就没有敌人。革命需要敌人，也就是需要打击对象，需要不停地"立威"。所以，希特勒说："如果世界上没有犹太人，我也会把他制造出来。"多么干脆，多么坦白。仁者不然，他不需要敌人，他没有敌人，他有的是办法化解别人的敌意，他能消除敌对势力于无形，所以说"仁者无敌"。而不仁者有敌，有敌则必有一败，一败就是一败涂地。

　　孔子一生学术是"祖述尧舜，宪章文武"。然而不能说孔子没有遗憾，这就是战争。所以孔子在谈论音乐《大武》的时候说："尽美矣，未尽善也。"可见他的理想中的尽善尽美，就是及早地用全力化解战争。这就是及早地用全力化解人世间的一切矛盾和斗争。所以，孔子说："不患寡而患不均。"贫可以"耕三余一"，劳动致富；富而不均，则危险莫大。此即"人心惟危，道心惟微"之意也。

五

孔子曰:"丘也闻有国有家者,不患寡而患不均,不患贫而患不安。盖均无贫,和无寡,安无倾。夫如是故远人不服,则修文德以来之,既来之则安之。今由与求也,相夫子,远人不服而不能来也,邦分崩离析而不能守也,而谋动干戈于邦内。吾恐季孙之忧,不在颛臾而在萧墙之内也。"(《论语·季氏第十六》)颛臾是鲁国的附庸小国,又近在国中,季孙氏专权,想吞并颛臾,孔子不同意,说是冉有和子路不对……这是一个故事,于是孔子说了前引的一段道理,这个道理就是古代的社会主义思想。

世界上的社会主义是多种多样的。仔细看看欧美大国的一些政党的党纲吧,他们里面或多或少地都包括着一些社会主义性质的内容。这些内容不外就是救济贫穷,社会福利,尽力缩小贫富差距,平抑社会怨恨,消除或者缓解社会矛盾,等等,等等。这些就是当今叫做"民主的"、"福利的"、"自由的"种种社会主义的实质。不管怎么说,一个阶级专另一个阶级政的社会,是做不到上述这些的。社会主义思想,到处都可以产生,就看你是顺应它还是抵抗它了。

孔子的仁的思想,本质上就是最好的最可行的社会主义思想。这是私有制下最完美的社会理想,也就是道德社会的理想。只有在私有制下,才能有这种建设性的成果。空想的乌托邦是不可能做到的,它只具有无边的破坏性而已。

六

一个饥寒交迫的又非常懒惰的流氓无赖，当他一觉醒来的时候，要让他说一说他的社会理想，这会是什么样子呢？他脱口而出的第一条就是废除私有财产，第二条就是吃饭不要钱，第三就是公妻制。这完全符合《大同书》的条文。如果还要让他继续说，下面他能想出来的，就是他必须掌权，掌大权，大权独揽。首先是掌握军权，警察、法庭都属他，最后他要当皇帝，"三宫六院是不可少的呀！哈哈……"大致就是这个样子。

废除私有财产永远是第一条，因为厌恶私有财产，进而就厌恶货币，厌恶黄金。苏联十月革命成功后，声言要用黄金砌马路……当然这只是一种情绪，实际是不能实行的。要知道，许多话就是这么一说，原来也不是真要实行的，此即所谓蛊惑也。不过，也有实行的，波尔布特就废除了货币。波尔布特比较左，比较彻底，他连学校、电视、商店、报纸等等一古脑取消了。他干脆得很，所以他完结得也快。

于是，就有了共产主义的理论，说原始人类就是公有制的共产主义的社会，叫做黄金时代。后来有了私有财产，人类便出现了阶级。

其实原始社会中无所谓公有私有，有集体或说是整体的观念，却没有私有公有之分。马克思最看重生产资料，其中最主要的就是生产工具。而原始人的工具从一开始就是私有的。工具属于工具的发明制造者，别人不会用，所以只能属于他个人。等到后来人人都

会制造这种工具的时候,还是属于私有,他用着顺手,服手。常言说
"家有千顷地,服手一张犁"。他只用他服手的那件工具,他最爱护
它,还是私有的。待到他死去,人们将他的工具随他下葬,依然是私
有。如果一个手巧的青年人,见到一种花石头,耐心磨制成一件小
佩件,他将它赠送给他最心爱的那个女人,两人相好了,这不用问,
这就是最初的一夫一妻制。

　　除了一夫一妻制和私有制之外,别的不曾存在过。若要硬说这
个那个,都是瞎猜的;从一种"理念"出发,胡编乱造的。

七

《南方人物周刊》2008年4月17号载,河南省漯河市临颍市南街村村官王宏斌,57岁,已当村官31年(从1977年前干起),坚持集体主义、社会主义道路,受到各方面的表扬。他虽然欠了银行十七亿元的贷款,却坚决走公有制的道路。最近情况不是很好,是贷款的渠道不够畅通,但他还一直在等待贷款。《南方人物周刊》的记者采访他,他说了下面这段话:

比起私有制,公有制是一种进化。中国五千年的历史,绝大多数时间是搞私有制,只有到了社会主义社会才实行公有制。现在重搞私有制,是进化了,还是退化了?相对外面的私有制,你说南街村的集体主义是进化了,还是退化了?……

听起来是振振有词,南街村是一个消灭私有制的典型。它的重要的社会学和历史学的价值,是一时半会说不完的……我只知道,公字从口,画一张嘴,上边留着两撇小胡子,这就是公侯的公。有了公侯,才有公有。人类从来没有过真正的"公",更不要说无私的"大公"了。

从古代的土地制度和田税制度来说,夏朝是五十而贡,殷人是七十而助,周人是百亩而彻……这是《孟子》书中说的,虽然后世人在理解上难免有出入,但,贡、助、彻都是将一部分产品交公,这是一致认同的。在有公田的制度下,农民就是按时在公田中劳动,公田收获归公,私田则不再收税,这也是学者们一致认同的。交公的部分是为了祭祀,至少是这么说的,所以"雨我公田,遂及我私"。这是祈雨之辞。公田是老天爷的呀，你快下雨吧，下到我们的公田里，我们的私田也沾点光呀……马克思说的比较全面，他说交公的部分是为了应付战争、灾荒和用于祭祀……(详见《马克思恩格斯全集》第十九卷)

公田就是公有，公侯的私有。春秋时期一系列变法运动，就是取消公田。取消公田就是把公田也按一夫百亩分下去，然后从私田中收税。公田自然都是好田，所以公侯们很是割舍不得。晋侯是在当了俘虏之后，才允许取消公田的。没有危机就没有变法，没有变法就没有称霸，这就是我的结论。所以，孔门师弟们羞于谈论桓文之事。

所谓公有制问题，不过如此而已。

八

《伯夷列传》为《史记》七十列传之首。十二本纪以五帝为首，三十世家以太伯为首，皆有深意焉。五帝，以尧舜为首，开创了礼乐文明，太伯三以天下让，古风犹然。而七十列传以无所作为之伯夷为首，后人多有不知其意者。尤其唐玄宗，颇带革命激情，硬把《老子列传》定为七十列传之首，又不要韩非。他以为历史可以修改，历史名著也可以任自己随意胡乱定之……此事想来颇为可笑。人一有什么激情，就不好说了。

伯夷叔齐除了叩马而谏之外，确实是没有什么了不起的英雄行为。不过，叩马而谏可不是简单事情，其主旨是反对以暴易暴。这种大仁大勇，正是后来儒家所倡导的以仁为己任的伟大精神。伯夷叔齐之所以敢于叩马而谏，是因为对周文王的深刻了解……难道武王发不是西伯昌的儿子吗！周文王西伯昌，三分天下有其二，服事于殷，这是什么精神，这就是伟大的仁。只要自己不停地实行仁政，还怕自己不壮大，还怕商纣王不垮吗？还用得着这么大动干戈，牺牲流血，以至仁伐至不仁，何至于漂杵……这些急功近利，急于求成，以暴易暴的残害苍生的历史英雄们，总是把历史做成夹生饭。历史就这么扭曲着极不自然地发展下来，在一次错误之后，再用十倍百倍的牺牲以便弥补自己的错误，以致每次改朝换代之后，总是大杀大砍流血不止。这些所谓功劳不是罪恶是什么！这样的问题，谁都能提出，但是谁也不敢提出，这是为什么？

以暴易暴，以武力夺取王位，在一般人看来是光荣业绩，在伯夷叔齐看来是耻辱,是罪孽,这不是很容易理解的吗?当伯夷叔齐叩马而谏的时候,"左右欲兵之,太公曰,此义人也,扶而去之"。这个时间,周公旦是否在现场,史无明文,不好猜度。我猜想,假若周公在场,就有可能劝武王接受伯夷的谏言,停止伐纣。不过也不一定,周公比他哥哥聪明得多,正因为如此他或者反而不敢阻止伐纣……武王老了,不久于人世了,而他的儿子又年幼无知……虽然这么说,我仍然相信,周公会充分了解伯夷叔齐的以仁为己任的伟大精神。他有可能想出办法来,使武王下了这个台阶,并从而免去他后来的东征之苦……不过也难说,人的智慧再高,也算不出眼前的历史变化来,历史太复杂了,太变化多端了,太不可思议了。又因为太个性化了,当事人不得不考虑自己的得失。所以总是夹生饭,总是遗憾,总是在无限被动中无限的罪孽中挣扎着,喘息着,扭曲着,一溜歪斜地,连滚带爬地……呀呀!这是历史吗!

九

假若有一个，或几个原始部落的小孩，他们凭着自己健壮的身体和手中的弓箭，私自跑出去，做了一次远征……我们姑且编这么一个故事，他们遇到各种危险，最后跑散了，最后只剩下一个孩子，十八九岁的一个孩子，他被一个什么部落的几个人救走了。到了这个奇异的部落之中，这情景会是什么样子呢？编故事的人可以编出许多生动感人的故事，总之，这孩子留下来，以至于住了许多年……这个部落对他好极了，他有了妻子子女，他是幸福的，而且是非常幸运的，他还有什么要求吗？有，他想念他的部落，想念他的父母兄弟，他想"复我家邦"……他想在有生之年，回去看看，哪怕就看一眼。古谚云："年老莫还乡，还乡痛断肠。"然而，这不正是还了乡的老年人说的话吗？他经过千辛万苦终于回到了故乡，此所谓落叶归根也。

《礼记·檀弓》有"狐死正丘首，仁也"的话，这是任人皆知的。这段话是这么说的："太公封于营丘，比及五世，皆反葬于周。君子曰，乐乐其所自生；礼不忘其本。古之人有言曰，狐死正丘首，仁也。"狐狸，不管它走多远，到它死的时候，它的头总是向着它出生的那个山丘，这就是仁。究竟仁是什么，学生不动脑筋，总是问先生，希望孔子给一个简单明了的界定，以便他们的简单头脑能够容易记忆。面对着这些懒惰的学生们，孔子偏不给出什么简单的定义……你们看着办吧。然而古之人有言曰，狐死正丘首，仁也。能懂吗？好懂吧，再不懂就没法了。

　　不忘本就是不忘本心,本心就是初心,就是良心,不忘本就是不昧良心。并不是故意忘的,是昧了,是糊里糊涂就丢了。昧了初心,昧了本心,昧了良心,这样的人还少吗？然而,狐死正丘首,仁也。连狐狸都没有忘,你怎么就忘了呢？所谓仁,是很自然的,天然的,忘不了,只是因为种种原因硬是不敢正视罢了。仁哉！仁哉!!这有什么难理解的。

十

一说历史是胜利者写的,于是,一旦他成了胜利者,他就有权胡乱改写历史,不仅他的历史,连同上古史,一切都由他瞎编。当然,历史不是不能怀疑,怀疑是为了深入探讨。由怀疑一切到打倒一切,最后发展到"三打倒"(打倒美帝、打倒苏修、打倒各国反动派),不仅打倒自己的敌人,也打倒别人的敌人,曰"各国反动派……"这样的日子,我们也过过,怎么样? 不怎么样。

不管怎么说,中国的考古工作同外国的考古工作一样,取得了一系列的重大成果。野外发掘,最后还得回到文献中来,于是,什么不值一提的古史传说,一文不值的神话虚构,都得到了证实。那些传说中的人物也都成了真实可信的历史人物。这中间有两个人物特别重要,一个是大舜,一个是周文王。大舜是一个典型的士人,并且是一个典型的自耕农。尧在世时,尧的晚年就是舜掌权。后来最伟大的事业就是大禹治水,这个伟大工程却是在舜的领导下进行的。舜不仅团结了广大的部族,而且任用了八元八恺,而且草创了中华礼乐文明。他发明了五弦之琴,而且创作了"南风之歌"……但是,后世人们颇有眼光,只表彰他是大孝。他的父亲是个老糊涂,他的后母和后母生的弟弟又极坏,虽然如此,大舜依然十二分的孝顺,这非常不容易。这就是仁。仁者二人也,二人者夫妇也。有了夫妇才有父子,才有兄弟,最后才有君臣。所以后世强调血缘,强调以孝治天下,强调大舜是大孝。这一切都是围绕着仁展开的,一直坚持了五千年之久。那些几十年的甚至三五年的什么观念、什么理念、什么什么价值,怎么能同这个古老传统相抗衡呢?可见,孔子的祖述尧舜、宪章文武,不是随便说的。他的内容非常深广,他的立意也非常的高远。有些人心血来潮,干了些蚍蜉撼树的事,说什么和传统文化,主要是传统道德,实行彻底的"决裂"⋯⋯难道你不是你母亲生的吗?怎么决裂?外国没有士人,也没有仁的精神和学术,怎么能用外国人的所谓"理念"认识中国文化呢?绠短汲深,无可奈何也。

最后说到周文王。孔子对尧舜只是祖述而已,并未多谈,更未详谈,对于文武,则是宪章了。宪章者,取法也。因为周朝已经有详细的礼乐制度,完全可以遵循。"大武","尽美矣,未尽善也"。可见孔子对周武王有些看法。说文武,实际是周公。"吾从周","不复梦见周公矣"。于此可见一斑。这就是我们为什么重视周文王的原因。文王之德,周公之礼,"道之以德,齐之以礼,有耻且格"(《论语》)。

马骕编撰了一部大书叫《绎史》,其中有关周文王的事迹总括无余,一读便知,无须细述。周文王若在世,武王伐纣的事肯定不会发生。为什么?他用不着。伯夷叔齐敢于叩马而谏,就证明了这一点。这种伟大的思想,伟大的胸怀,伟大的战略,只有周文王能够身体力行,别的人恐怕无此肚量,也无此韬略,更无此大智大慧。

因为有了一个周文王,中国有了这么一个最高典型,有了这么一个最正确的楷模。后来暴发的那些帝王们,谁也没话说,谁也自愧不如。这就是为什么儒家提倡法先王的难处,也就是荀子"法后王"(后王即"当今")的妙处,也是后来焚书坑儒的原因,也是"以吏为师"的原因,其实也是与传统决裂的原因⋯⋯这些就不用细说了。

十一

在乡村，人们总是喜欢胡闹，大概是天高皇帝远吧……土改中以及土改后，胡乱给人定成分，说你是个啥，你就是个啥。叫做"贫农坐天下，说啥就是啥"。于是，先问成分后说话，成了习惯。想不到的事情多着呢，在历史研究甚至哲学研究上，也是先问成分后说话，不然要出洋相，甚至要碰钉子的。比如王充定了唯物主义，你要说他的坏话就得注意。再如李贽，定了法家，你就不能说他的坏话，法家可得罪不起。尤其这个李贽，李卓吾，十分了得，他说了一句惊人的话。他说秦始皇是"千古一帝"。但是谁也不知道"千古一帝"当什么讲，什么意思，其实就是历史上的一个皇帝，或说历史上的第一个皇帝，不过如此而已，不能有它也。

人世间事物，无独有偶，都是对称的。希特勒也曾经被人称为千古一帝，不过翻译过来是"千秋一帝"，见威廉·夏伊勒著《第三帝国的兴亡》，第 1555 页。这又称他本人又称他的帝国，完全合用，完全对称，多么合适，一派天然，是谓天成。秦始皇是两千二百年前的人物，其形象已渐模糊，只知道他是个暴君，曾经焚书坑儒。希特勒的形象却在眼前，栩栩如生，这是值得思考的。

十二

　　古来从龙之士中多贤能之辈，不过也不尽然。这是有检验之标准的，其检验标准不在吹，不在胜利者所写下的"历史"，不在什么文本，而在得天下后之事实，这就是必然随之而来的大灾荒。儒家主张"耕三余一"，那么，耕九则余三……故以十年为限，古来一切暴政都以此为限，必有灾荒，就像峡口之中必有劫路的响马一样，早就在那里等着你的到来了。这原因（历史的所谓原因多得不得了，述说十年也不见头绪），主要的只有一条，或说只有一点，这就是地里不打粮食。历朝历代都是如此，古今中外概莫能外。

　　首先，耕三余一是余到谁的手里，余粮肯定是有的，农民苦巴苦业，即使吃糠咽菜，也要有所剩余。而余下的东西主要是粮食，它是存在哪里？是存在王手里，也就是存在国家手里？还是存在农民的手里？这就是那根本的不同之处了。存在王手里同存在民手里还不是一样吗？"薄疑曰，不然。其在于民而君不知，其不如在上也。其在于上而民不知，其不如在民也"（《吕氏春秋·审应》）。《吕氏春秋》在这里进而论到"反诸己"的问题，一个国家，就像一个人一样，也要能"反诸己"，能反诸己就稳固，否则就亡国。"今虞、夏、殷、周无存者，皆不知反诸己也"（同上）。人们一向只把儒家的一套功夫，看作是修身正己的功夫，只承认孔子是个教育家，不知者不怪也。

　　第一年把余粮全部拿走了，第二年照旧，三年后必然有小灾荒。九年上，想想吧，必有大灾荒。这是可以算出来的。这不是算卦先生掐算出来的，而是每个小学生都可以算出来的。农夫农妇，天下最愚的愚夫愚妇也知道治国的道理,从龙之士们倒反而不知,可见他们都是昧了良心。

这才是强大的秦朝之所以速亡的根本原因。

十三

英国人彼得·沃森著《二十世纪思想史》，朱进东等译，上海译文出版社 2006 年 1 月出版，这是一部好书，我反复读了。因为爱之所以思之再四，有些想法，记在这里。

此书很少提中国事情，或许是因为中国在二十世纪没有真正的思想家、政治家、哲学家，或说在精神的思想的领域里未能提出在世界上有影响的东西，所以轻轻带过，不予重视。这是很自然的。对苏联的事情，谈的也很少，轻描淡写，也可以说是不够重视。这恐怕就是不对了。这两国的国土面积和人口，占世界很大的份额，居然对它们的事情不当回事，或说视而不见，恐怕这无论如何是不对的。欧洲中心主义好不好，对不对，可以不论，至少也应该注意。从前有世界主义、国际主义的口号。近五十年来，人们提出全球史的观点，他们叫"地球村"，从全球出发观察问题，至少说这是应该的。这事情虽然可笑，却不能当它没有发生过。难道这事情不是发生在二十世纪之内吗？有些事情就算是发疯，丧心病狂，奇奇怪怪，不可思议，这种亿万人干的事情，亿万人跟着疯子扬土的事，总不能说同思想史没有关系吧。事情，就是指形成历史的东西，思想史亦然。

如果仅仅注意欧洲文化市场上，谁创作了一首诗，画了一张画，编了一个什么小剧本，创造了一个什么主义，红极一时，各领风骚三五年，然后烟消云散，杳无痕迹，这有什么意义呢？仅仅现代派的名目繁多的各种流派，怪模怪样，招摇过市，它们的新奇色彩适足以粉饰他们的浅薄无聊而已，这同全人类的思想史有什么关系。

十四

"人同此心,心同此理",这个理就是常情常理。

许多堂堂学者不顾常情常理,昧着良心说混理,硬不说理,以至无论如何不可理喻。

《论语·颜渊第十二》:"子贡问政,子曰:'足食,足兵,民信之矣。'子贡曰:'必不得已而去之,于斯三者何先?'曰:'去兵。'子贡曰:'必不得已而去,于斯二者何先?'曰:'去食。自古皆有死,民无信不立。'"杨伯峻的《论语译注》将"去兵"译作"去掉军备",将"去食"译作"去掉粮食"。杨的书是 1956 年 7 月定的"例言"。1957 年增改,1979 年修订(见第 37 页),我读的是 1980 年第二版,中华书局出版的。至今杨伯峻此书一直在畅销,许多谈论和注释《论语》的书,都跟着杨伯峻说,"去掉粮食"、"去掉军备",直到最近中华书局出的《论语解读》(2007 年出版)《四书》(2007 年出版)都还是这么说的,绝无二致。我可以这么认为,二十世纪关于《论语》的研究当以杨伯峻为代表。我想找到杨伯峻的根据,或说出处。后来见到程树德的《论语集释》1942 年完稿,何时出版没说。中华书局是 1990 年第一版。这可能是杨伯峻的根据,不过我仔细读程氏之书,未见"去掉军备"、"去掉粮食"字样。程书搜罗宏富,不分好坏,照抄不误。不仅有朱子的"不如死之为安"(这根本就是混话),而且有程子的"饿死事小,失节事大"(不沾边!),简直不知所云。总之,我认为杨伯峻是二十世纪《论语》研究的代表,这大概是不会错的。

子贡所谓"必不得已"者是指什么,这里应该想清楚。国有大故,面临灭亡,无非一,战争,二,饥荒。孔子既然说"去兵",可见不是战争,这肯定是灾荒。关于灾荒,《周礼》有明文,各朝各代都有具体措施,不外是免除捐税,朝廷减少开支。怎么免?孔子说"去兵"、"去食",可见这"去兵"是免除"军赋",而"去食"则是免除"田税"。这点事不用细说,任人皆知。先秦典籍中比比皆是,田税和军赋分得很清。田税就是百亩之田的税,农夫是二十受田,六十归田,这是他的义务。军赋是家家都有的,叫"布缕之征"。这就是鲁哀公十二年"用田赋"的那个赋,即军赋。孔子主张"丘赋",不同意"以田赋"。鲁国没有听孔子的,致使军赋之征骤然增加十多倍。《左传》中遇有战事,张口闭口的"敝赋"就是指军队,可以看作是军备,但《论语》此语却不能直接译作"去掉军备",引伸义不能冒充本义,应该译作"去掉军赋"。至于"去掉粮食"就更不好理解了。怎么能去掉粮食呢?难道是火烧粮店,不准种庄稼?莫明其妙。杨伯峻糊涂,跟着杨伯峻说的学者们,哪位先生给我解释一下,什么叫"去掉粮食",怎么"去掉粮食"?这没有实行的办法,无法操作,因为它处于常情常理之外。现在人们好用"匪夷所思"这句话,这真是太匪夷所思了。其实,我说杨伯峻糊涂,是因为他在《论语译注》第33页中,开列了《论语》注释的参考书籍,其中有刘宝楠的《论语正义》和杨树达的《论语疏证》,他虽然开了书单却没有细看。我的见解,在此二书中都有披露,他们很详细地指出此为灾荒和大灾荒,"去兵"是免除军赋,"去食"是免除田税。免除军赋和田税,都是指免除当年的军赋和田税,不是永远免除;永远免除,国家将以什么维持?

十五

孙功炎先生是我的老师,他指给我学习古文的路子。他是右派分子,从教育部下放到山西。下放不久,1958 年冬天,我们就认识了。从此不断来往,他对我的学习多有帮忙,我非常感激他。

有一次同他闲谈时, 他说:"哲学上分什么唯心唯物, 殊属无谓。"四十多年前,他说这话时,我真有点不懂,不知他想说什么。但是,这话倒是记住了,"殊属无谓"。尤其是把哲学分成两大阵营,唯物的,唯心的,势不两立。

在这种精神指导下, 对中国古代的所谓哲学家们也都定了成分,凡定为唯物的,都是好的,好得不得了;凡定为唯心的,就是坏的,坏得不得了。比如东汉的王充定为唯物主义者,他大胆地批判迷信,反驳钱塘江的怒潮是伍子胥的冤魂所致。这不是他的聪明,而是他的愚蠢。钱塘江潮的怒涛,每年伤人,谁也不知道是什么原因,突然涌起,吞没一切,可怕之极,王充能说清吗? 就按马克思说的,以往的哲学家只能说明世界,不能改造世界。王充说明了世界吗? 至今许多学科仍然不能解释的东西甚多,包括钱塘江怒潮。所有的强作解人的说法都是错误的……所谓唯物主义, 其认识能力是非常有限的。世界上带有神秘色彩的东西很多, 一时说它不清楚,老百姓就把这神秘事物说成了伍子胥的冤魂。

十六

1925年，由孙伏园发起给青年人开"青年必读"书单，胡适、梁启超都开了，包括很多书，有些就是总集甚至丛书之类。我想这大概是前清的遗风。张之洞就有《书目答问》之作，后来，康有为一张嘴就是《粤雅堂丛书》之类。害得我到处找《粤雅堂丛书》，不知道这究竟是什么书。许多年后，虽然找到了，也没看。不过，给青年人开必读书单，终于成了鲁迅同胡适等人明争暗斗的一个题目。

孟子曰"人之患在好为人师"，其实孟子就很有点好为人师的劲头。鲁迅也一样。上世纪三十年代之后，此风不衰，延安开列了"干部必读"，许多马列经典开列其中。直到解放后，毛泽东关心干部教育，开列了三十本"干部必读"，都是马恩列斯之经典著作。其中有普列汉诺夫两本。毛泽东给干部开了这么多书。我老老实实地都看了。据唐德刚说，毛书房里都是线装古书，却没有上述这些东西。后来毛说，三十本人们嫌多，现改为六本。这就是后来"文革"中发了又发的"六本书"。这六本，我又反复读之。前些年，我翻腾我的旧书箱，光是《反杜林论》就找出来六本。我真的都看过，划着红蓝铅笔道子，还有批语。

余生也晚，又在山沟，未能及时看到胡梁开列的书。不过延安的"干部必读"是都看了。后来的三十本和六本也都看了。鲁迅爱唱反调，你们开书单，他反对读中国书。鲁迅教导青年"少读或竟不读中国书"。按照这个调子唱下去，曹聚仁在五十年后到七十年代还在叫嚷不要读中国古书。他的书八十年代九十年代在大陆风行。

　　二十年代,胡适,吴稚晖,钱玄同,等等,一片声地叫喊废除汉语汉字,把中国书扔进茅厕,摧灭国故,消灭经学,鲁迅是世界语的教师。成立了文字改革委员会,吴玉章任主任,大力推行拉丁化,以及后来的声势浩大的无产阶级文化大革命,烧书,破四旧,批斗私修,殴打臭老九,即知识分子……读书越多越反动……余虽生得晚,这些倒是都赶上了。

　　因为前面提到了鲁迅,这里索性再多说几句有关鲁迅的话。大约是上世纪九十年代某日,给张颌先生祝七十大寿,在汾酒大厦聚餐,酒席宴前,作家周宗奇问我:"林先生你对鲁迅怎么评价?"我一向是心直口快,说话不留余地,我说:"我认为鲁迅是大极左,小作家。"当时在座的朋友们都不理睬我,大概是不以为然吧。后来我想,也许是我错了。事情过了好几年后,我还在为自己的过头话耿耿于怀。

　　2008年2月韩石山先生赠我他的新作,《少不读鲁迅,老不读胡适》。深夜读之,觉得非常好,韩先生才是当代文史大家,现代文化史的独特的专家,不嫌丝乱,细细梳理。这书颇多新意,客观大度,侃侃而谈,余味隽永。韩先生在这书的第五章,说到给青年开书单的事,他说,鲁迅其实并不反对青年看中国书或中国古书,因为他也给青年人开过必读的书单。他开的书有许多书同胡适、梁启超开的是一样的,只是鲁迅竟然把书名都开错了,如胡、梁开的严可均的《全上古三代秦汉六朝文》,其中没有隋文,鲁迅竟把隋文开进去了,写成了《全上古……六朝隋文》。丁福保的《全汉三国晋南北朝诗》,鲁迅竟写成了《全上古……隋诗》,这从未有过的书大概鲁迅也没有看过吧。想来这些所谓"青年导师"和"革命导师"们,也不过如此而已。

十七

我曾经在远处见到过李先生,听过他的讲话,并且仔细读过他的文章。有一次在陈英茨家遇到他,他矜持得很。我知道了,这是一位党的高级干部。后来多年,我一直想,李先生究竟是一位党先生。说话做事,不出原则,这是我应该学习的。我多年以来一直想学到这种本领,但是很不幸,我学不来。

时代和社会潮流总是给个人以决定性的影响,这是不可否认的。在十九世纪临近结束的时候,无人不带达尔文主义、黑格尔的辩证法以及尼采的超人哲学的味道,这最终形成一种时代病。待到进入二十世纪之后,首先是欧洲,然后是亚洲,知识分子无人不是社会主义者,共产主义者。尤其中国人,尤其中国的知识分子,为要想祖国强大起来,以为就必须是追随在列强之后,穿上西服,甚至穿上和服。他们穿着和服的玉照登在报刊上,那股洋洋自得的神态,着实可供玩味。就像军阀混战的年代,军阀们各找靠山,找的都是帝国主义。文化人们也一样,各有所属,中国的文化名人们也一样各有所属。

虽然苏联号称是社会主义,实际上是社会帝国主义,这毋庸讳言。在二十世纪前半期,它也是中国一部分知识分子的靠山,这也毋庸讳言。这都是事实,事实是不容抹杀的。

近几天我又仔细地看了前述李先生的一篇文章,是给什么书写的序言,李先生不厌其烦地说某种思想,有错误,有误导,但还有精华,我们要坚持它,珍惜它,等等。我在书页旁边批道:"不能说狗屎绝无营养,但狗屎毕竟还是狗屎,不能强迫孩子们吃。"俄国人没有指望了,就张口闭口都是德国人。心中总是想着过继给外国人,他们总是宁死不当中国人,从来不说中国人应该说的话……这真是不可救药。是谁把中国人永远地卖给德国人了?

军阀混战时的军阀们,虽然各找靠山,心中想的却是自己。后来的知识分子却等而下之,只知道为人家效力,说是为了理想。

十八

德国人一向以善于思辨著称，在公元十六世纪德国出了一位宗教改革家，马丁·路得(1488-1546)，在1517年倡宗教改革之议，创立了新教。此后欧洲各国竞相效仿，终于造成了持续多年的宗教改革运动。到十九世纪末德国又出了一位著名社会学家韦伯(1864-1920)，他的书《新教伦理与资本主义精神》颇具影响。他在达尔文去世以后，一下笔就对准这位先哲，说社会问题和心理问题(精神)远比着纯粹经济问题和生物学问题(物质)重要得多。当社会达尔文主义在世界上非常猖獗的时候，他实际是给了这个幽灵一闷棍。这一闷棍打下去，这个幽灵从西方摇摇晃晃的，最后倒在了东方。这是非常耐人寻味的。我猜想，它在生它养它的欧洲，呆不下去，跑到了亚洲。它不是被打死的，它是在亚洲的一望无际寸草不生的荒漠上，生生地干枯死了。生活中的奥妙，历史中的奥妙，就是地里不打粮食，没有粮食什么也干不成，叫你逞能。物质问题，物质主义，遇到了精神问题，精神主义，强力变成了弱力，弱力变成了无力，无力变成了不讲理，不讲理变成了不要脸，最后实在没法子了，完了。

可是，人们不看事实，只在语言文字上，也就是名词概念上打转转，硬把韦伯的名词概念搬到中国文字中……他们完全是用西方类比方法，西方离不开宗教，中国也应该离不开宗教，于是就在中国历史上寻找中国的宗教，甚至于说中国的历史，一贯是政教合一的，皇帝就是大祭司，等等，不着边际，不一而足。

　　他们说中国历史上就是政教合一，仿佛有根据，其实大错特错。中国古代的政不是西方的那种政，教也不是西方的那种教，更不是宗教。中国古代的政，是明堂议政、辟雍选贤的政，西方从来没有过。就是自中古以后，中国也是皇帝同大臣议政，甚至同士人共治天下，不像希特勒，朕即党，朕即国家，朕即法律的那一套，这些东西，只是暴君暴政，是走向灭亡的必由之路，当时的人们就看得清清楚楚，过后的历史学家倒看不清？不看而已。

　　要说中国古代没有宗教，连任继愈也不同意，其实中国古代被称做"自然宗教"的，不过只是民俗而已，同西方的宗教和自然宗教根本不是一回事。这种古代习俗，只是古人对山川之神和祖宗之鬼的敬重。他们尊天，尊地，尊鬼，按时祭祀，家家都有一个牌位，上写"天地君亲师"，新婚夫妇拜天地就是拜的这个。"子不语怪力乱神"，"敬鬼神而远之"。"子贡问：'人死有知乎？'子曰：'尔死自知之，犹未晚也。'"西方没有一个圣哲敢于这么说话。所以两千年来许多人企图把孔子及其学说弄成宗教，都未能成功。最可笑的是康有为，自立孔教，自命教皇，直弄得灰眉土脸，贻笑大方。

　　中国古代没有信教不信教之分，没有异教徒，没有宗教组织，没有宗教裁判，没有宗教战争，自然也就没有宗教。从而也就没有神学，也没有神学的婢女形而上学的哲学。中国古代没有专注思辨的，也就是只管精神和物质的关系的所谓哲学。中国古代的政只是管理职能，所谓教也只是文教，首先是家教，如此而已，岂有他哉！

十九

　　拿破仑称帝以后,忽然有一天发出了豪言壮语,他说:"我不需要哲学,也不需要宗教史,而是需要事实的历史。"(见古奇《十九世纪的历史学和历史学家》第297页)他对历史学家们发下具体的指令,并派警务大臣米洛领导历史书的编纂工作,足见其对史学的高度重视。皇帝的重视,加上他的一系列的"最高指示",再加上警务大臣的严格管理,实际是彻底毁灭了历史学。梯也尔写道:"拿破仑在一切事情上都对自己不加约束地超越了界限。"古奇接着写道:"他不再是一把革命的宝剑,而是一个像其他暴君一样的暴君。"(见古奇的书第356页)由革命的利剑,变成为暴君,这是非常耐人寻味的。其实这就可以看作是一个规律,一个铁定的规律。这才是真正的法国大革命的胜利果实。"天地只合生名士,莫遣英雄做帝王。"(易顺鼎诗句)中国人倒也有些见识。

　　法国大革命的领袖罗伯斯庇尔,自称是卢梭的弟子。他把卢梭的非常虚伪并且充满恶意的理论发展到了极致,他认为所有反对他的人都是不良分子,应该彻底消灭。他发明了断头台,制造了恐怖时期。他把大批忠诚的革命战士和民族精英送上断头台。断头台那咔嚓咔嚓斩杀生灵的声音,在罗伯斯庇尔听来是说不出的悦耳。他所听到的最后的断头台的悦耳声音,是在他的人头滚落进台前竹筐的时候。

二十

"吾闻用夏变夷者，未闻变于夷者也。"(《孟子·滕文公上》)后来有"用夷变夏"之说，记得好像是王湘绮说的。王湘绮者，滑稽老人也。当时大概是讽刺留学回来的所谓"洋翰林"的一句滑稽言语。后来不幸而言中，整个二十世纪不过如此。这是孟子所不能设想的。

中国古代文明是独立发展起来的，诸如《易》、《书》、《诗》没有任何外来的影响。这种独立性就正是它的独特性。虽然曾经有过不少疑古派的学者，从中挖掘巴比伦的影响，甚至寻找黑非洲的色彩，白闹，毫无结果。但是自中古时期以后，也就是魏晋南北朝以后，佛教的影响日益加重，它们来源于印度河流域，虽然如此，中国的佛教是禅宗，它是印度所没有的。即便是外来影响，中国文化的独立性，也就是独特性，依然是存在的。以后唐宋明清，莫不如此。只是在近代以来，公海上的坚船利炮，打破了中华帝国闭关自守的美梦。

自鸦片战争之后，中国的事情无一不是受到西欧的影响，独立性渐渐失掉，依赖性渐渐产生，原先的主动变成了被动。学习西方，变成了亦步亦趋，生搬硬套。最后变成了迷失自我，无所适从。我们的高考首重英文，仿佛中国的高等学府是为英美培养人才的一般，奈何！

这是不是用夷变夏，这不用去问王湘绮老人，就问自己吧。

二十一

由于语言文字的极具特色,历史之悠久,遗产之丰厚,古典学术之博大精深,等等原因,造成外国人无法真正了解中国的事情。这反而成了中国人的困难,因为二十世纪以来,中国人只说外国人曾经说过的话。沃森写道:"实际上中国知识界的变化与世界任何地方截然不同。"(《二十世纪思想史》第76页)类似的话,许多西方学者都说过。他们一般都认为中国古代文明是单独发展起来的,把中国古代文明和古埃及、古印度等等并列着。雅斯贝斯也把中国在公元前五世纪至前三世纪的文明称为"轴心期"。这点特殊性是存在的,只是中国人不大在意罢了。

中国人口,在二十世纪初可能是四亿多些,三十年代抗日救亡运动中的口号是"四万万五千万同胞团结起来抗战到底",解放后是六亿,很快是八亿人口,六亿农民,后来是十亿人口,八亿农民,到二十世纪末,是十三亿人口,大约十亿农民。这所谓农民,亟需说明,他们叫农民,其实至少有一半是在城里打工。从前当三个月的工人,就叫工人阶级;现在,已经当了二十年打工仔了,还算农民。

"文革"中某钢厂,清理阶级队伍,从厂长到工人都是按进厂前在农村的成分定出身,全厂几乎没有工人阶级。所谓阶级斗争的理论,不过如此而已。这种理论非常顽强,冰凉棒硬,一成不变,神圣不可侵犯,使人莫测高深。这种典型的西方传来的观念,成了中国人精神上的桎梏,尤其在农村压得人们喘不过气来。三中全会以后,松动了许多,尚未根本解决。

　　二十世纪的中国人只说外国人说过的中国事情，又因为外国人对中国古代文化的隔膜，所以中国人遇到了困难，无法认识中国古代的事物。只一个奴隶制，就无论如何说不清。从"黑劳士"到殉葬，一塌糊涂。今后是否能说清，很难说。

二十二

中国古人特别注重丧礼,专门有丧服之制,丧服考证等等。

所谓丧服,研究来研究去,烦琐不堪,使人感觉无用,故弃而之也。其实,社会生活中永远不能弃之,曰其制为众人同死者的血缘关系也,也就是距离,归根结底是血缘也。自从民族的宗教的地域的国家终于稳固以后,许多人想抛弃血缘关系,甚至否认血缘关系,甚至消灭家庭,消灭姓氏……千奇百怪,无奇不有,四人帮最为疯狂,到底也未能真正抛弃之。不是人们顽固落后,是血缘的存在为人类所固有也,无可奈何。地域性的国家之所以产生并稳固起来,完全是为了生存与发展,为谁的生存与发展?为血缘之生存与发展也,亦即血缘之延续也,此不可忘记也。

人类这样一步一步走下来,后来走着走着就忘了,以至于只顾眼前,走一步忘一步,忘了原来的想法,忘了目的,忘了原先抱定的志愿,所以孟子曰,君子"不忘其初"。

二十三

　　简单头脑的优越性就是认死理。对自己是从哪里来的,将要到哪里去,也就是对自己的祖先的探索,以及对人类未来的设想,甚至设定,这是人之常情,也是无可厚非的。但是,这种人的常情,常常引导人类走入迷途,以至歧路亡羊,往而不返,最终迷失了自己。他们大多表现为迷失了人的本性,变成了妖魔。由狂人、超人一跃而为恶魔,也就是由"英雄"、独裁者变而为混世魔王,这是很顺当,很方便的。这种所谓"理性主义"就是为了我的伟大理想,你们必需光荣牺牲。一代一代都是这么说的,这么做的,绝没有两样。这里不但有一个"高峰",而且有一个斜坡,斜坡上面满是青泥,从这里滑下去,是必然的,无路可走,照直往下滚,身不由己,此之谓命。命也,命也,死生有命也。

　　其实,中国古人所设想的"大同世界"、"天下为公",未必是公有制的,恐怕不是。公就是当时的公侯,而提出这种理想的人,正是极度厌恶公侯的士人们,所以,公有制的观念绝非他们之所有。老实说,私有社会的公,才是合理的合乎正义的公,这是人人皆知的。没有个人的私有,非常稳固的私有,怎么能体现真正的公平正义呢? 比如尧舜,已是有私有财产的,"象曰,仓廪,父母,牛羊,父母,干戈,朕,琴,朕……"可见是有私有财产的。不要忘记孔子是"祖述尧舜,宪章文武"。这些思想,这些理论,都是在私有社会之内展开的。

二十四

谈论外国事情,自然难免引用外国人的话。

英国彼得·沃森著《二十世纪思想史》(朱进东等译,上海译文出版社 2006 年出版)是值得一读的书。在第 279 页上有这样的话:"希特勒代表着旧形而上学的最后惊厥。"这话非常深刻,重要之极。惊厥就是休克,就是停止呼吸了。所谓"最后的"就是完蛋了。但是作者只用了"惊厥"二字,还不能就定为是死亡。在这一章的最后,著者写道:"和希特勒在军事上的狂妄自大一样,他的知识上的不足体现在二十世纪下半期的方方面面。"这一点更值得注意。希特勒已成了历史人物,但他的影响还在,并且一直影响着二十世纪下半期的方方面面。这就引起我的思考,希特勒的基本思想是什么?

希特勒号称是博览群书,其实是自吹自擂,其知识面似乎甚广,其实稀松平常,他所接受的只是当时德国任人皆知的东西,诸如马尔萨斯、社会达尔文主义、尼采的超人哲学、黑格尔的绝对理念和世界主义等等,等等,他能把这些普通常识熔于一炉,成为自己的一套非常偏激、非常实用、颇具煽动性的所谓"哲学"。我归纳为如下几点:

一、斗争哲学,"人通过斗争而变得伟大","斗争乃万物之父,美德在于流血,领导权是第一位的,决定性的……"

二、一个主义,一个党,一个领袖,建立党组织,同宗教一样,鼓动宗教狂,建立党卫队,最终目的是牢牢掌握政权。

三、迷恋黑格尔，忙于建立自己的"圣经"。

四、称霸世界，统治世界，领导世界。

五、"血的思考"，即大屠杀，"用血思考"，即战争，净化种族，消灭犹太人以及一切劣等民族。

还可以写出几点，诸如头脑简单，知识浅薄，感情冲动，动物本能，撞在南墙不回头，等等，此其特色或说特质也。

这些思想一直影响着人类社会。沃森只说是二十世纪下半期，现在已经是二十一世纪了，今后恐怕一时半会儿也无法完全摆脱这个恶魔给人类带来的磨难，岂不痛哉！

二十五

日本人对中国古代文化以及学术，不可谓不用功也。经史子集均有涉猎，如《左传》有会笺，《史记》有会注，不可谓不勤也。然而，不知为什么，总觉得不能深入，就像铅笔刀从玻璃板上划过一样。看了鲁实先的《驳议》之后，我才明确起来，原来是有亲有后也。就是当娘的，也有亲娘，有后娘，这种事情装不了假。这就像古埃及文化灭亡以后，你可以到伦敦去学习埃及古代的象形文字，在印度梵文失传之后，你可以到柏林去学习梵文一样，不过这种二手货，怎么能同原原本本的东西相比呢？画像或者照片再好，也无法代替真人。所以秦始皇自称真人，而不称朕，也是良有以也。

日本人把中国古代文化遗产当作值钱的东西。诸如古书、古物、青铜、陶瓷、碑帖字画，据为己有。中国就像个"破大家"的子孙不争气，任人盘剥，任人宰割，仿佛中国也不太在乎。比如有一个日本军人，二战期间到了中国，驻守河南，弄到王铎的墨宝，说是非常爱好，后来就以书法为生，写一手连绵大草。有人评论道："就像大铁链从天井上哗啦啦掉下来一样。"他自称："我研究王铎四十年……"人生苦短，道路苦长。斯人曾光临太原，省长亲自接待，隆重得很……水平不高，架子不小，中国的书法家，不在话下。我也是一个书法家，自愧不如。我年轻时也曾经有过这样那样的信奉与崇拜，我也有过思想上的苦恼，也就是有过铅笔刀在玻璃上划过的感觉。我没有用四十年，三十年就行了，我终于看清了自己，看清了自己的文化。

二十六

　　科学的发展和技术的进步,改善了人们的生活,甚至改变了人们的生活方式。新的"幸福生活"足以掩盖往日的未曾清算的罪恶和仇恨。于是有人就提出"以德报怨如何"? 孔子曰:"何以报德? "有了孔子,你就再也不能像没有孔子时那么说话了,你不能假装不知道,假装没事人似的了。这就是二十世纪疯狂地批孔,谩骂孔老二,打倒孔家店的深层的原因。你可以批判他,打倒他,肆无忌惮地骂他,你却不能无视他的存在。孔子曰:"以直报怨,以德报德。"直是什么? 不管经解家们怎么说,直就是清算。虽然眼前的小小的"幸福"仿佛可以掩盖什么似的,其实,它们什么也盖不住,白搭,血债血还,天道尚圜。当然,清算也有各种各样的算法,罪恶有罪恶的账,仇恨有仇恨的账,只怕不算,不怕算不清。这就是孔子的正义,这就是孔子的正直,这就是孔子的正气。

　　历史有历史的清算方法。例如秦朝,堂堂的秦始皇一死,秦朝就亡了,文臣没有一个人殉国,武将则都做了降将。战国的山东六国在亡国之后,仍有人复起,秦亡之后,秦却无人复起,秦是永远的消亡了。这实际就是一种历史的惩罚。

二十七

　　《胡适学术文集》上下册，中华书局 1991 年 12 月出版，我在其某一页上写了这样一段话："中国人只能读到《驳说儒》，却读不到《说儒》，如此这般已经四十年。我这是第一次读到《说儒》，印象很好。中国人只能听到外来的西方人的观点，只能认识那些西方也有的中国事务。同西方类比是主要的方法，发展到最后，走到极端，这就是后来非常恶劣的用夷变夏。用夷变夏，不亡何待。大约要到亡国之后，中国人才有可能真正认识自己的文化，自己的历史，自己的价值，自己的尊严。"

二十八

从十八世纪开始,人类产生了数不尽的"伪先知",他们在荒漠中创造自己的秩序,企图挽救人类的堕落,并企图强制性地指导人类生活(参见沃森的《二十世纪思想史》第195页)。如果人类不听他们的, 他们毫不例外地都想到一个可怕的计划, 即消灭这个人类。这才是法国大革命留给人类的真正值得称道的精神遗产。

当然若往前追溯,应该从笛卡尔(1596-1650)开始,绝对主义—纯粹理性—极权政治—恐怖政策—消灭私有财产和消灭个性(参见古奇著《十九世纪历史学和历史学家》第408页),最后到达法国大革命。既然有了法国大革命,人们就再也不能说没有法国大革命的话了,就像既然有了拿破仑,人们就再也不能说没有拿破仑的话了。

都说尼采是神精病患者,尼采的病狂的言语传到中国,却受到超过欧洲十倍的尊崇。在二十世纪之初,从王国维到鲁迅,谁不崇拜尼采,谁不崇拜那"铁椎布道"的圣哲?从世纪初到世纪末,聪明才学之士,谁不玩弄同义反复,谁不做这种文字游戏,以至最后竟发展为语言魔术,宣传鼓励(卢那察尔斯基的《艺术论》)变成了庸俗的广告。

二十九

　　人身上有人性,有兽性,这不奇怪。人不可否认原本就是动物,就是野兽,还能没有兽性。兔子急了还咬人呢,何况有血性的男人乎?杀人放火,血流成河都是人干的。然而人为了活着,组成社会,共同生活,共同发展,追求幸福。重要的是依靠人性,也就是道德,或说文化。这就是为什么争论人性善与人性恶,争论不出个正经结论的原因。这样的问题,你就是争论一万年,谁能得出结论?但是,一定要说,人性恶是对的,正是这个恶,促使人类得以发展进步,等等,等等。这也不对,因为太片面了,太邪了。

　　极端就是异端。不要小看理论上微小的偏差。人在愤怒的时候,总是不免要说出偏颇的话,脱口而出的愤怒语言,但不能以这类话,断定恶就是正常的,有益的。同样的道理,人身上存在的缺点和优点,它们往往是并行的,并存的。光看优点或光看缺点,都是不对的,是会出现大错误的。包括对历史人物功过的评价。功劳是大多数人民都想建立的,是千百万人民的意志和千百万人的流血牺牲造成的,而罪恶则完全产生于专权人个性上的缺陷,这是不可否认的。

　　在评价古代的秦始皇时,不是雄才大略,就是残忍暴君。其实这两样品质是在个性中同时存在的,不可分割的。秦始皇十三岁即位,二十二岁冠礼亲政,在此期间并不是完全不管事,他已经充分地展现了自己。他是一个狂妄自大,刚愎自用,急功近利,好大喜功的人。《吕氏春秋》对秦之先王的指责毫不留情,而在书中不指名地批判狂妄自大，刚愎自用，急功近利，好大喜功的说词，就可以看作是针对秦王政(即后来的秦始皇)的，明眼人一看便知。秦始皇完全信奉战国法家的一套。战国的政治思想有两种，一是王道，一是霸道。秦始皇把霸道推向极致，达到巅峰，变成极端。这在当时的六国士人们看来，这就是异端。孔子曰："攻乎异端,斯害也已。"

三十

　　韩石山先生有一次说，现在的人们都好傍名人……我听了就十分警惕，我是不是傍过名人？我想起 1946 年，因为见过萧三一次，所以后来通过一封信。好像是问周扬讲的"我们的个性就是党性"是否对，萧三回了一封信。张学义见了，骂了我一顿，信也在同年的集宁战役中丢失了，再也没有想起过。这是我见过的名人。

　　后来想起，我还认识一个名人，巴金。但是，我周围的人们谁也不知道我认识巴金。我概不提起，因为我怕一到运动来，交代起来没完没了……

　　现在巴金已经去世了，许多人写回忆文章，我没有做此妄想。其实我和巴金有一段过从甚密。在朝鲜开城前线，他在我们部队呆了八个月，常来报社同我们青年人闲谈。巴金在会议上发不了言，口吃，脸红脖粗，说不成什么话，但是在闲谈中，滔滔不绝，可以说非常健谈。我们年轻人什么都敢说，什么都敢问。巴金是有问必答，侃侃而谈。我问的最多的是巴尔扎克和托尔斯泰，他知道的特多，娓娓道来，我受益匪浅……他送我一本汝龙译的《复活》，我至今还保存着，上面有他的签名。前年满锐来看我，见到这本《复活》，他惊呼道："这是文物啊！一定要好好保存。"

　　我们赴朝部队是 1953 年秋回国的，此后再没有见过巴金。1964 年春，我在昔阳县下乡，在县委办公楼上忽然碰见巴金。他大声问："呀，林鹏，你怎么在这儿！？"我一见他也非常高兴，我说，我 1958 年转业来到山西，现在是工作团，在这搞四清。他说他不久前同束为一起访问越南，束为同志邀请他来山西转转，这是来大寨参观……晚上我到他房中坐坐，一直谈到很晚。他的夫人和孩子在里间已经睡了，我们还在谈着。我说我想到文化局工作，巴金说："文化局没文化。"他又说："你现在人事局做秘书工作，这就很好，好好安心工作，不要去文化局，到什么文化局，文化局没文化。你将来若想写小说，你坐下就写，到文化局，你反而写不了。你已经写了一个长篇，好，看山西能否出版，不行我给你想办法出版……"

我曾经向领导正式提出要求调动工作，最好是文化局。这次谈话后，我觉得巴金说得对，便对李文亮局长（他当时是工作团的团长）说，我原想调动工作，现在不想调动了，我还是在人事局干吧。他说："是不是巴金劝你不要调动？这很好，在人事局干吧。"虽然这么说，当时我觉得巴金说的"文化局没文化"是不对的。这话我一直记着，隔了许多年，我才认识到巴金的话是对的。

许多年后是指 1981 年，这一年张颔先生也对我说过意思差不多的话。当时有言传，说我是行政十三级，应该安排职务，有说这儿，有说那儿，其说不一。张颔先生送我一副对联："笔墨不求缙绅喜，声名毋得狗监知。"

有一天晚上，看书之余，抬头看见张先生的对联，我体会出张先生的深意焉，我竟然潜然泪下。知我者张先生也。

这以后，我才下决心利用业余时间写东西，写了《丹崖书论》，紧接着又写了《咸阳宫》。

三十一

闲谈中说到影响中国二十世纪的书有哪些,东拉西扯,古今中外,列举了一大堆。我想,这些名人的名著,不可能不影响中国人的精神世界。

如果不只看二十世纪的,欧美的名人名著,如卢梭、叔本华、尼采等等,对中国都有影响,不过,云烟过眼,杳无踪迹。到革命成功,新中国成立,谁还记得他们? 就中我对韩非最为讨厌,我在三十年前(七十年代)就想写点驳斥韩非的文章,一直没动手。有位朋友看了我的《咸阳宫》以后对我说,这回你可把韩非糟蹋得够呛啊。我说,我没瞎编排,我的叙述都是有出处的。他说,是,是都有出处,正因为都有出处,我才更加注意。我觉得还没有人像你这么样地批判他。我说,从前也有人骂过韩非,比如郭沫若。他说,对韩非的认识是一种觉悟,现在到时候了,中国应该觉悟了。我说,难矣哉!

三十二

某年九月初,我到了北京,住在罗丹同志的办公处二十七号楼地下室。我听到了很多,也看到了很多,自然也考虑了很多。

我写了一首小诗:"两千年下觅狗屠,宋意归来暗呼卢。亲朋好友浑如故,燕京依旧帝王都。"

第二天,楼上的陈英茨同志来闲坐,谈话之间他说,老林,给我写张字。我说,行,写什么?他看见桌上有一个纸片,看了一下说,就写这首诗吧。那正是我的歪诗。我就写了一张横幅送给他。

隔了两年,也许是三年,我为出版《咸阳宫》的事,又到了北京,依旧住在罗丹处。有一天,我上楼去看望陈英茨同志,见他已把那张字裱好挂了起来。他说,我这里来人多,人们来了就看这张字,都说字不错,就是这首诗,不知是谁的诗,也不知道是什么意思。我当时真是后悔之极,忙说,这是一首歪诗,不宜张挂,我重新给你写一张。我马上写了一张"朝辞白帝彩云间……"给他,并嘱咐一定将那首诗撕掉。后来不知道他撕掉了没有。

前几年,陈英茨同志去世了,我很想念他。

三十三

　　我不会做诗,也不想学做诗。八十年代我的老师孙功炎先生曾对我说,你的字很好,如果再学会做诗,那就更好了。他劝我学做诗,我唯唯否否,没有下决心学。我认为学做诗很难,尤其今体,格律甚严,不容易掌握。我的青春献给了战争,后来忙着读书,再学做诗,怕狗舔三泡屎,那泡也弄不清。后来我见许多老干部退下来,人人都是诗人,个个都是书法家,甚至是画家。闲情逸志,倒也无可厚非。有人称这些东西是"老干体"。我有时也觉得是有点可笑。虽然这么说,可笑归可笑,自己也有时身不由己,胡诌些打油诗之类。

　　2000年春,受学生的唆使,写了一首打油诗,有点总结自己一生的意思。我写道:"调儿浪当小八路,自由散漫一书生。命中注定三不死,胡说八道老来风。"三不死是指战争中没打死,困难时期没饿死,运动中没整死。

　　学生鼓励我将这歪诗写了个条幅,谁知他装裱出来拿上去请人题跋。结果,姚先生题道:"吊儿郎当损之损,自由散漫乃率真。书如其人实偬傥,得鱼忘筌可通神。世纪之交岁次庚辰樗庐老人奠中题。"张颔先生题道:"蒙斋友生大手笔,其挥毫向若天马驰突不可牵挽,书如其人,盖秉性使然。今见此作,顿觉帖意浓郁,丰神近古,窃以为虎豹文章之变或示有兆征,余不揣敢謏言。二千年三月二十六日作庐颔题。"卫先生题道:"乍读林鹏老友手笔诗作,才气横溢,所谓卮言日出,以和天蜺,别有天地者也。盖先生饱读百家奇文经史,固今时罕有之通人,纵通横通贯通直至精通,至矣,尽矣。而又是位达人,久仰慕六朝高洁之气度,大天而思,民胞物与,萧然物外,高矣,远矣。谓之狂人,有何不可。太白见皇帝,如见常人,乃成得个狂者。鹏君老来风,胡说八道,其真胡说耶?但愿能惠我此风,足以风人何如。二千年七月卫俊秀题。""三人"、"四通",无以复加矣。

三位先生一向对我关爱有加,鼓励有加,特记。

三十四

编一部丛书,《汉魏丛书》(明·程荣辑)也得把《商子》(即《商君书》)编进去,说是汉继承秦,应有秦文。然而,秦文中最耀眼的是李斯的刻石文字,却没有;秦文中最辉煌的钜著是《吕氏春秋》,却又不见,倒把一个战国中期的商鞅拿来代表后起之秦朝,真是不知说什么好。然而,仔细一想,才知道,尊商韩,崇秦政,暴力至上,专政至尊,此乃帝王思想之灵魂,中国历史之主干,谁人不知,谁人不晓……

明朝也是在帝王思想、帝王文化的笼罩之下存在的,到了清朝则更甚了。清朝灭亡,民国诞生,谁上台也是帝王思想的一套,不可能有别的。嘴上讲民主,讲立宪,讲共和,讲自由平等,都是从外国贩来的,谁抓住权也不敢放手,一放手,亡党亡国亡头。由此可见,商韩的一套,若论实践,确实管用。说中国古代文化遗产中没有思想资源可供开发,是这样。若站在帝王的立场上,除商韩之外,确实没有什么可供开发的东西,而商韩又算不得什么思想资源。于是,进入二十世纪,表面上看起来,革命一浪高过一浪,但是有些人,有些大学者和小学者,看准了无论谁上台,都会采纳商韩的一套,所以他们就钻到自己的书斋中下死功夫研究商韩,详而又详,细而又细,上百万的详注细校各种版本,一出再出,不厌其烦。谁上台他也是这一套,捎带着猛吹秦始皇,越敢胡说越好……猛吹极权主义,高呼皇上圣明,万岁、万万岁! 实践证明,十分管用。他们只凭自己的政治眼光,政治敏感,永远立于不败之地。

三十五

在上世纪的两次世界大战之间,在这二十年之间,人类经过了最重要的也是最艰难的时期。在物理学上,出现了海森伯的"测不准原理";在哲学上,罗素等发表了"概率论"等等。这一切都是不可思议的,不可理解的。既然"测不准",在亚原子世界里的一切因果关系,就是不可知的,或者说捉摸不定的。实际上人类只具有想象中,也就是理论上的认识,这就是概率论。

概率论是很管用的,但仍然是一种理论,一种理性认识。比如,一个硬币的两个面,字面和画面,如果抛上去再落下来,也可能是字面,也可能是画面,它的概率是百分之五十。但是,真的要实践一下,实际操作一回,向上抛一百次(不准重复)真的成为五十对五十,那是很难的,极少的,如果有,也只能说是瞎碰的。那么,强调实践出真知,那个真知很可能不是理智上的概率论上的"真知"。那都是瞎碰的,所以说,社会学上,历史上的许多实事,就跟"上帝在掷骰子"一样,莫明其妙,完全不可知,不可思议,而历史是不可能重来的。不过,概率论仍然是管用的,可以用概率论等等检验实际的操作,这是非常必要的,而且是合理合法的。就是用理智检验感情,用理智检验实际。如果拒绝这种检验,碰上什么你就得认命,这就是"在掷骰子"了。谁在掷骰子?领袖……爱因斯坦坚决不相信"掷骰子"。历史关头需要领袖人物有大智大慧,但是很不幸,往往是本能而已。

三十六

中央电视台播放一位著名学者讲述秦朝为何速亡……我很仔细地听了。秦朝为何速亡,秦始皇原想二世三世以至无穷,这就是所谓万世一系, 谁知二世而亡……这是两千年来学者们一直在讨论的题目。这样的文章,就是传下来的也有很多,各说各的,都有理,都不尽然。因为都是替圣人立言,为尊者讳,所以不可能说要紧的话。若让我说,秦不是二世而亡,秦始皇在世就已经亡了,到他老人家一死,二世元年陈胜称王于陈,紧接着六国之后纷纷复起,所谓帝业就算坍塌了。其实,就凭秦始皇把他的南海刻石立在东海岸上这一点,他在世时他的"帝国"就已经开始坍塌了。

这一切的秘密,就在秦始皇的政策之中。仔细检查他的政策,就可以发现完全是商韩的一套,这是富国强兵的一套,也就是霸道的一套,它既可以把国家引向强大,同时也可以把国家引向灭亡。商韩的药方,不过就是强力春药罢了。所有后来的帝王,在帝王思想的支配之下,着了急都是这样饮鸩止渴而亡的。

然而,这位著名学者,说了许多原因,却归结为一句话,说秦始皇所从事的伟大事业是全新的事业,所以没有经验可供参考,所以他失败了。

要说新的事业,古今中外没有全新的东西,尤其是道德,不可能有全新的道德。说是建立"新道德",完全是骗人的鬼话。抛开旧道德就没有革命的理由,比如说反对压迫,反对剥削,保护私有财产,耕者有其田,等等,就是为此起而革命的。既然革了命,就应该使旧道德有所增益,有所提高。"为人民谋福利",改善人民的生活,此所谓"得丘民者为天子"(孟子之言),朱熹注曰:"得民心也。"秦始皇得了哪个丘民的心?东郡黔首刻字陨石,盼望他早日死掉。(这是黔首,不是贵族,而秦始皇自己却是个老牌贵族。人们光讲阶级分析,却不敢真用。)

　　帝王思想,商韩政策,这才是失败的根源。人人都可以看得很清楚,唯有你这著名历史学家倒看不清楚,这是水仙不开花——装洋蒜吧?还能有什么说的?

三十七

时间是历史的序列。一句话,什么时候说的,不注明时间,这就不好理解。比如"应该废除科举制度",或者"反对科举制度",这是什么时候说的? 如果是在 1905 年废除科举制度以前说的,当然很重要。如果是在废除科举制度以后,甚至在辛亥革命推翻清朝建立民国,到处都建了学堂,再说这话,就没劲了。这还用你说吗? 时间不仅是历史的序列,也是辨识小丑的尺度。

欧洲人多少年来找不出一条稳固的通往文官政府的道路,于是他们就赞美中国古代的科举制度(见斯塔夫里阿若夫的《全球通史》)。中国人骂科举,骂八股,形成了一股惯力,就到二十世纪末,仍然是骂声载道,收不住了。就中曹聚仁大显身手,没法说。

最近看到一部辜鸿铭的《中国人的精神》,认为很好。据说,辜鸿铭的好文章非常多,一战时,他对欧战的评论甚多,受到欧人的高度重视。他的文章许多是用外文写的,所以,应该注明出处,首先是时间,何种文本,何时登在何报刊上,谁翻译过来,并且,还应该有注释,说明当时的情况,他是针对什么这么说的,等等。

我是一个读者, 这只是我读书时感到的问题, 仅供专家们参考。

辜鸿铭是二十世纪中国的一位著名文化人, 他留下来的文章应该是中国的文化遗产,很重要的一份遗产。过去不重视他,那是过去;现在也有人贬斥他,由他们去。说怪杰也罢,说怪才也罢,就算是个疯子,他敢于发一回疯,你敢吗? 讲春秋大义的疯子,比讲权力意志的疯子强多了。

其实所有的翻译文章、著作,都应该注明出处,作者爵里,生卒年月,著作出版时间,何种文本等等,都应该一目了然。

三十八

一说"先验的"或"超验的",唯物论者们就嗤之以鼻,于是唯物论者就蜕变为经验论者了。他们是非自己亲身所经历者一概不相信,最后是虽为亲身之经历,却一概照领导人所给的说法,终身不悟。自己的历史,究竟是怎么回事,自己不知,永远也不想知之……此即无知者无畏也。

希特勒之德国与裕仁之日本,其教育十分发达,不过就是培养炮灰而已。无知无畏的人也只能做炮灰了。所以,《吕氏春秋·至忠》说:"忠于治世易,忠于浊世难。"身处浊世者,不可不思。

说到《吕氏春秋·至忠》篇,注释家们以文挚的故事为荒诞,毕沅曰:"此事姑妄听之而已。"惠栋曰:"此诞甚,不足辩也。"毕沅、惠栋是何等人物,居然简单如此,一言以蔽之。

文挚的故事是中国古代医学中非常著名的"情志疗法",少见多怪的人们,以为不是亲身经历,一概拒收。古代医书中常常提到文挚的故事,这是《吕氏春秋》中著名的篇章,并且应该说是《吕氏春秋》的重要贡献。

近年来注释和翻译《吕氏春秋》的已有多家,都很好,后来居上,就中水平最高的应该算王利器的《吕氏春秋注疏》。王氏在"至忠"篇文挚故事后,引用了古医书,书中提到了"文挚之治齐王"的故事,却没有进一步,未解释"情志疗法"是什么。这实际上是迁就了惠栋等人,向经验论做了无原则的让步了。

先验的真理是存在的,不必非给个唯物论的说法不可。它存在,它就有道理。那道理说得清说不清没关系,先承认它的存在,此所谓信则传信,疑则传疑。一句"此诞甚,不足辩也"就过去了,这怎么行。既然你说"诞甚",你还能不知道其诞在何处吗?既然知道为什么不说说,仅以一言而毙之,粗率如此。

古代方药之学宏深博大,大半已失传。不能说它们不曾存在过。电视剧《喜来乐》中,有一个太监严重嗝噎,久治不愈,喜来乐用吓唬的办法,一吓就好,这就是"情志疗法"。

中国古代医术十分高明,其中有"情志疗法"一着,不能硬不承认。文挚之死,不在其术不精,而在"忠于治世易,忠于浊世难"。他看清了这是一个浊世,他应该怎么办?齐王如此昏庸暴虐,太子与王后软弱无能,而且言而无信,怎么办?只有一死了之。文挚即使不死,又能怎么样呢?他能治疗齐王的昏庸吗?一个医生能扭转乾坤吗?能挽狂澜于既倒吗?所以朱子曰:"不如死之为安。"(见朱熹《四书章句集注》)由此可见,生在浊世之人,居然想尽忠,这本身就是非常愚蠢的。这就是炮灰。

三十九

上世纪八十年代,当大陆人们哀叹人才外流的时候,钱穆早已说过"圣人外流"的话了(《国史新论》)。

有一次,我和几个同道闲谈,谈到钱穆。一位先生说:他接受蒋介石的邀请住到台湾去,这一点不能算什么光彩。我后来很注意考察钱穆定居台湾的过程。一九四九年钱穆在香港,他既不去北京,也不去台湾。当毛泽东住进中南海的时候,钱穆可以说是不动声色。待到1957年以后,钱穆有点坐不住了,众多右派分子被打下地狱,钱穆虽没有说什么,心情是可想而知的。紧接着1958年大跃进,全民大炼钢铁,遍地"小土群",人民公社,大食堂,吃饭不要钱。1959年就没有吃的了,然后大饥荒。这时候的钱穆已是垂垂老矣,他才辞去新亚书院的职务,这才毅然决然地住到台湾去了。这是1963年。

钱穆同我不沾亲不带故,他在1990年去世,我很难过。请不要忘记这个年份,1990年,我当然难过,这还用说吗?在此之前,我只看过他的《先秦诸子系年》和两三本小册子。在此以后,大陆竞相出版钱穆著作,我才有机会看了他的几本书。其中有一部《朱子新学案》,我正在阅读时,孙功炎先生来了,一见之下,呀,钱穆先生的大作,我先拿去看看吧。孙先生是我的好朋友,我称他为老师。他把这书拿走,我很高兴。书店里有,谁知自那以后此书再没买到。此外,我读了钱穆先生的以下著作:《中国史学名著》、《国史新论》、《国学概论》、《国史大纲》、《现代中国学术论衡》、《中国史学研究法》等等。就中我以为《国史大纲》最为优秀。写中国历史的人多了，未有如此精到者也。写《国学概论》一类书的也很多，未有如钱先生如此简明扼要，提纲挈领，令人一目了然也。

就说钱穆的《国学概论》吧，不过就是一句话，人同此心，心同此理;学术者心术也。就是这句话，革命的先进的专家教授们说不出来，他们也不敢。

四十

今天买到了《杜兰讲述哲学的故事》，东方出版社，2004年出版。美国历史学家威尔·杜兰，1926年出版此书，台湾1957年出版中文版，书名《西洋哲学史话》，大陆出版的新译本比台湾晚了将近五十年。我读的是台湾版1968年第十一次印刷的本子。

晚上，对照着看了几段，翻译水平或有高下，比较起来，还是后来居上。威尔·杜兰的重要著作是大部头的《世界文明史》，三十八册，东方出版社已出版。我之所以看重这本《哲学史话》的原因，是因为威尔·杜兰对黑格尔颇不以为然。以往中国人所了解的黑格尔，是片面的黑格尔，是苏联教授们鼓吹的黑格尔，不真实，也不正确。我猜想在这一节中，威尔·杜兰的口气，对黑格尔有一种嘲讽的意味，新译本没有这种意味，似乎稍逊一筹。新译本中也有诸多优点，例如把威尔·杜兰对罗素的"结论"（新译本译作"跋"）译得到位，很能够看出点深意，比台湾本强。现抄一段在这里：

然而，在群体自然选择的大潮流里，自古至今，国家兴复的最终决定因素是国家的经济能力，而不是国家的艺术能力；生存价值更大一些，赢得的掌声更多一些，拿到的奖赏更大一些的，也是经济能力，而不是艺术能力。毕竟是梅迪契家族出现在先，米开朗琪罗才随后出现。艺术代替不了财富，它只不过是在财富大院之外绽放出来的一朵小花。（该书第480页）

这不是罗素的思想，这是威尔·杜兰对罗素思想的挖掘和诊断，这可以说是很典型的唯物主义。精神不能代替物质，艺术也不

能代替经济,国家危亡之时不能依靠所谓"艺术能力"去抵挡敌人,
也从没有人这么想过。

《圣经》上有一句曾经受到黑格尔赞扬的话:"先寻找到衣食,
然后你才能看到天国。"(见威尔·杜兰此书黑格尔一节)但是也要
看到,在历史上留下来的,不是经济,而是艺术;不是美蒂奇,而是
米开朗琪罗。虽然艺术不能代替经济,但文化的力量不可忽视。人
种之间的矛盾,后来的民族之间以及宗教之间的矛盾,最后历史学
家看到的是文化之间的矛盾和抗衡。

当帝国主义在世界范围内大肆掠夺,甚至大肆屠杀以后,经过
两次世界大战以后,历史学家们看到了真正的历史,"有文化的民
族是不好对付的"(布来代尔语)。就以宗教为例,中国古代没有宗
教,各种宗教包括在国外早以衰落的宗教,都可以到中国来传教,
都受到历朝历代的统治者的保护。佛教进入中国已有将近两千年,
回教进入中国已有将近一千年, 天主教和基督教进入中国也已有
五百年。它们在中国没有引起宗教战争,宗教裁判和宗教仇杀。它
们在中国的社会生活中始终处于次要地位, 任何宗教的教义从未
进入科举的试题,也没有进入官家的藏书目。中国文化依旧岿然不
动,矗立在东方,这是为什么? 仅仅了解西方历史,言必称希腊罗马
的学者,是无论如何没法回答这种问题的。如果中国人要回答这样
的问题,仅仅依靠唯物主义是不行的。

罗素在中国呆了一年以后,1922 年回国后写了一本书,《中国
问题》。他赞扬"中国是个伟大的国家",这是为什么?中国人并不认
真思考。罗素的《中国问题》当时中国有介绍,却无全译本,直到七
十年后,上世纪九十年代,中国才出版罗素《中国问题》的全译本。
当然,可以说是因为革命不断,中国人还没有时间仔细考虑这样的
问题,"中国问题"。是可以这么说,但是,这不解决问题。

"中国问题"依然存在着,这必须由中国人自己解决。八十年

来,国共两党,龙争虎斗,已成历史。二战以后,居然有六十年的和平发展,苏联崩溃,冷战结束,世界已成新的对抗之格局。为今之计,两党合作,或有前途可言。少一分私心,多一分远见。这话好像有人说过,想起来了,唐德刚说过,记在这里,可以发人猛醒。刍荛之言,贤者择焉。

四十一

马世晓兄送给我一本台湾出版的《明末清初书法选》,上有傅山一幅狂草,很不错。然而,既无释文,也无标题。其实《霜红龛集》中有此内容,标题《虎窝》。

虎窝是个地名,在平定州南四十里。山地,岩石上刻着"虎窝"二字。从前有个小山庄,是清初著名的隐士白居实(孕彩)隐居的地方。现在是一片荒山。白居实同傅山、戴枫仲等是好朋友,入清不仕,算是隐逸一类。

因为傅山等人将白居实比作负母进山的介子推,所以我又想到介子推,进而想到孔子说晋文公"谲而不正"的话。这话在《论语·宪问》中:"子曰:'晋文公谲而不正,齐桓公正而不谲。'"注曰:"谲者,诡也。"

晋文公奠定了三晋文化的基础,到赵简子,要夺取天下,仍然是谲而不正。当时,天下有三个贤人是他夺取天下的障碍。这三个人是,窦鸣犊、舜华、孔丘。赵简子说:"我杀此三人,天下可为也。"他令窦鸣犊召孔子至晋。孔子知道窦大夫是个贤大夫,就答应了。孔子走到黄河边,听说窦鸣犊被杀,他说"物伤其类",于是临河而返。多亏孔子没上船,赵简子的命令,一待孔子上船,中流而杀之。孔子不死,实为大幸。这些都是历史上的实事,有《陬操》为证。孔子临河而返,当晚宿在卫国的陬里,心情不好,援琴而歌,曲曰《陬操》。了解这些史实,是为了看清历史。战国的法家们全部产生于三晋,这就不奇怪了。法家甘愿做统治者的鹰犬,这是不可忽视的。

傅山等人把白居实比做介子推,因为白居实也是个孝子,他的母亲年高，不耐烦城市的生活，又怕白居实言语不慎，惹什么麻烦，虎窝山中有白家的"别业"，就是俗称的"庄子"，于是母子二人隐居于此。正是这个时间，傅山、顾炎武等人对介子推有了新的认识，此在《日知录》中表示得很清楚。

　　原来传说，介子推跟随重耳(后来的晋文公)在外流亡十多年。有一次，饿得很，介子推割股肉以食重耳。重耳后来归国掌权，此即后人所称的晋文公，他大封功臣却忘了介子推。介子推愤然进绵山隐居。晋文公求之不得，怒而烧山，介子推母子被烧死。后来晋文公不得已封绵山为介山。顾炎武说："当以左氏为据，割股燔山，理之所无，皆不可信。"我理解为这是顾炎武对清朝统治者的态度，我也不割股，你也别燔山。我所说的他们有了新的认识，不是指这，是指："天实置之，而二三子以为己力，不亦诬乎？窃人财，犹谓之盗，况贪天之功以为己力乎？下议其罪，上赏其奸，难与处矣。"(见《左传·僖公二十三年》)贪天之功就是欺世盗名，就是窃贼，"难与处矣"，就是决心不与这种人相处，这就是决心要隐退了。有些人可以共患难，却不能共富贵。胜利以前，掌权以前，能与人相处；胜利以后，掌权以后就很不容易与人相处了。

　　历史上这种事很多，晋文公就是个典型。傅山等人的这种认识，是明确的不与盗贼相处。介子推的上述这种认识肯定在友朋中谈论过，待他居然隐去之后，友朋中肯定会有人将这种不合作的态度，以及对朝中上下的非议，如"下议其罪，上赏其奸"一类的简直就是攻击的话，告诉晋文公，或者告诉舅犯等人，最后报告晋文公，于是晋文公大怒，"求之不获"。求，就是求盗的求，就是下令抓捕之。这就是《左传》要告诉读者的基本内容。这也就是为什么历史上各朝各代都有隐士存在的原因。儒家学说原本就有此一义，不臣天子，不友诸侯；鸟则择木，木岂能择鸟；鸟兽不可与同群，等等。以至山林岩穴之中，多有隐士，而中国文化遗产中多有隐士之诗歌……隐士的存在，是士文化的后盾。

四十二

我读书颇多遐想。《第三帝国的兴亡》(威廉·夏伊勒著)第 1484 页写道:"英国的蒙哥马利元帅 1944 年 9 月,率领加拿大第一军团和英国第二军团在四天内挺进二百英里……"1 英里合 3.2 中国里,共六百余里。他是机械化军团,这种速度已称得上是神速。我们在 1948 年 11 月间,两条腿走路的步兵军团,四天走路六百里,从宣化的雕鹗走到石家庄北边的灵寿县。我们整个兵团没有一辆汽车,杨得志、罗瑞卿都是骑马。我们的速度才是神速。当时的口号是"保卫石家庄",其实谁都知道是保卫西柏坡。后来才知道,是鄂友三的骑兵团,从北京向南突进到蠡县,是为了看看附近有没有我军的主力,以便把保定的驻军撤退回北京。敌人在收缩,西柏坡却认为敌人是要进攻。此时四野正在入关,傅作义拿什么进攻。后来的宣传家说,"毛主席唱空城计, 发了一条新闻, 就击溃了敌人的进攻"(指鄂友三的进攻)。我们在灵寿停了三天,立即原路返回,到达新保安,包围了傅作义的三十五军,休整一下以后,12 月下旬消灭了三十五军。

1985 年夏天,刚刚免职的某基地政委刘绍先,来到太原我家,闲谈中他对我说:"林鹏,光是 1948 年,我有日记,我一天一天的加过,只这一年,咱们部队走了一万三千里路呀!"我说:"刘政委,你当时可是骑马的,我可是两条腿走路呀,这一万三千里我少走一步也不行,少走一步我吃不上饭……"说着大家哈哈大笑。说这话时我的老父亲也在场。刘绍先政委是来山西游玩的,他想让我陪他转转,我欣然同意了。陪他转了半个月。当时我正在上班,并且正在写作《咸阳宫》,紧张得很。但是我们走一路谈一路,十分愉快。

我记得在浑源悬空寺下,小河边上远远地看见一个小孩子,我心想这小孩儿很像我的孙子,要是我的孙子该多好,我可以陪他玩玩。正这样想着,那小孩子就叫着爷爷跑过来了。果然是我的孙子小都,那年他才五岁。

在遥远的地方,意外地遇见我的儿子、儿媳和孙子,这是我的一件最愉快的事情,一并记在这里。

四十三

　　《二十世纪思想史》的作者，彼得·沃森说："二十世纪在许多方面，犹如一场噩梦。"（见该书的序言）是这样，我也深有同感。然而，不管怎么说，我们终于逃离了二十世纪，终于进入了二十一世纪，这是事实，无法否认，但是这是多么不容易啊。

　　进入二十一世纪以后，中国人出版了四本书：一，《春秋考论》；二，《思考中医》；三，《文明的起点》；四，《审核古文尚书案》。有人告诉我说，这是四本好书，但，尚不完善，尚有缺陷或说是遗憾。不错，我也同意，不过我的看法有所不同，尽善尽美是谈不到的，也不必苛求。例如《思考中医》，尽善尽美谈不到，但它给了机械唯物论一闷棍。它开了一个头，可以放开手脚思考一下中国祖传的东西了。再如《春秋考论》，作者的结论很明确，《左传》的作者是孔子，不是别人。这是否能成为定论，我不管，有人敢于提出来，我就很高兴。这一下，给了疑古派一个当头棒喝，他们要想反攻，得提出反证来，至少他不敢再坚持"刘歆伪造说"了。我就不相信刘歆能伪造出一部《左传》来。疑古派的大师小师们，给你们一辈子的时间，你们能伪造出一部《左传》这样的书来，让人们看看。

　　考古发掘早已推翻了帝国主义、殖民主义的无耻谰言。短化中国古代史，矮化中国人民，《阿Q正传》立了大功，但无限推长日本的古代史却受到称赞，或说是默认。这是很耐人寻味的。

　　为了给疑古派致命的一击，出版了《审核古文尚书案》一书。从公羊学开始的疑古派和批孔派的先生们，大概没想到吧。《文明的起点》更具特色,说《周易》是迷信书的人,可以认真看看了,并且应该认真想想了。

　我一向认为, 中国古书中有两部书是中国人在三千年来不断地反复地实践着的书。这就是《周易》和《黄帝内经》。革命的实践也是实践,不过只有几十年,怎么能和三千年的实践相提并论呢?

四十四

鲁迅教导青年说,"我以为要少——或者竟不——看中国书,多看外国书。"鲁迅的这一教导被奉为金科玉律,几十年间,人们一再提起,贯彻始终……

中国的青年人,懂外文的是极少数。要看外国书,也只好依靠翻译。然而中国的翻译事业,非常不发达,赶不上日本,甚至赶不上苏联。青年人需要看的外国书迟迟不予翻译出版。很有名的小说,中国青年人看不到。例如法国作家欧仁·苏的《巴黎的秘密》,1842年在报纸上开始发表,不久出了单行本;各国都有翻译,中国没有。到1982年,中国才出中文译本,晚了一百四十年。若说这小说不是什么名家名著,中国人看不看也没什么要紧,其实不然,有马克思和恩格斯的《神圣家族》在,为什么不让看看《巴黎的秘密》? 这无论如何是说不过去的。

若说,小说没什么要紧。学术著作也不能及时看到,如英国著名人类学家爱德华·泰勒的代表作《原始文化》,1871年出版,学术界评价甚高,认为它开辟了一个新学科——文化史学。中国人看不到,直到1992年才出中文版译本,晚了一百二十年。中国人怎么了,睡着了吗?

其他还有许多外国的好书,哈耶克的《通往奴役之路》是四十年代出版的,中国是到改革开放以后才看到。雷蒙·阿隆的《知识分子的鸦片》是1955年出版的,五十年后,2005年中文版才出版。这些书,早一点出版中文版,中国人会早一些清醒过来,时过境迁也没什么用了。

四十五

前几年,我因为要搞清 1688 年英国光荣革命的情况,问过朋友们,他们都不肯说,后来才说,真的不知道。他们都是大学历史系毕业的……我没办法了,只能"清风不识字,只好乱翻书"。于是就看到了商务印书馆基佐著《1640 年英国革命史》的"出版前言"。

前言说,他在写作《英国革命史》的整个过程中,就表现了这种始而运用,继而彻底放弃阶级斗争理论的变化。在 1826 年出版《英国革命史》上篇中,他倾向于证明处死查理一世是正确的。但是到 1854 至 1856 年出版中篇与下篇时,他则竭力攻击英国革命,大事赞扬 1688 年资产阶级和新贵族发动的宫廷政变,并且出尔反尔地把处死查理一世说成是"大暴行"了。

中国没有处死溥仪,而苏联十月革命后却处死了沙皇全家。这是怎么决定,怎么执行的,为了什么,详情后人不得而知。至于英国克伦威尔处死了英王查理一世,是对是不对?大概也有许多情况,自然说长道短也是难免的。如果某人一定要说对,不准别人说不对,这对吗?仔细看这"出版前言",似乎是强调所谓阶级斗争。阶级斗争是一直存在的,在马克思以前和马克思以后,阶级斗争是一直存在着的。就是在苏联十月革命胜利以后,阶级斗争依然是存在着的,并且是十分明显的,十分尖锐的,十分残酷地存在着的。这点事情谁都知道,一看便知,但谁也不说。这种变为"专利"的所谓阶级斗争,不是真正的阶级斗争,因为它只看见了别人统治下的阶级斗争,而看不见自己统治下的阶级斗争。这是"老鸹落在猪身上,光看见人家黑,看不见自己黑。"请注意,这句话是解放前的一句俗语,现在几乎听不到了。这不是很奇怪吗?语言学家们不大注意这种事情。

我们从上述的"出版前言"中,知道了基佐的《英国革命史》有三篇,上篇之外还有中篇和下篇。但是,正是这种地方非常地微妙,中国的读者只能读到上篇,一百五十年了,中国人没有读中篇和下篇的福分。大概一时半会中国人别想看到这两篇。这是为什么,仅仅是因为"阶级斗争"问题吗?由此可见,这阶级斗争问题确实是个大问题。它使中国人长时间看不清世界历史,长时间只看到世界历史的一面之词,也就是只看到了非常片面的非常简陋的一个面,难道不是吗?

这个"出版前言"中提到 1688 年,这正是英国光荣革命之年,难道是因为不同意英国的光荣革命,就硬是不翻译基佐的中篇和下篇吗?难怪大学历史系里不提"光荣革命",甚至于中外历史年表中也不提"光荣革命",致使中国人对英国的光荣革命一无所知……大概这个"光荣革命"是很可怕的,只能这么理解了。不过也应该看到,正是英国的光荣革命创造了议会制度。这个制度深刻地影响了世界历史。没有英国的光荣革命,就不可能有美国革命和法国大革命,也就不可能有世界近代史。

四十六

普希金说,"整个俄罗斯找不到三双秀丽的脚……" 那是一个特殊的时代,女脚时代。差不多一百年以后,到了鲁迅这里,他说,中国文人很少不谈女人,谈到女人必谈女人的脚(大意如此)。这又是一个时代,谈脚时代。

后来,就到了曹聚仁时代,曹某人声嘶力竭,大骂小脚。直到上世纪七十年代,他的书在香港出版,八十年代,九十年代,在大陆出版,风行一时,畅销不衰。他对科举、鸦片、女人的小脚,骂不绝口,义愤填膺,慷慨激昂。也不想,这是什么时候了,距离鲁迅已经四十多年了,距离辛亥革命六十多年了……我仔细看了他的书,不过就是一个旧货摊而已。显摆自己曾经读过许多书,对文学史上的许多琐细事物,非常熟悉,诗词呀,古文呀,如数家珍,头头是道,不厌其烦。其实,仔细一想,废除科举是西太后干的,是你曹某人干的吗?科举一废,八股即绝,你曹某人会作八股文吗?只是听说过吧?鸦片倒是值得注意,正是在中国,曾经为它发生过战争。那时候你曹某人尚未出生,谅你也没有在虎门的硝烟中呆过吧?自然你也是听别人说说而已。这就是骂脚的时代。

最后的,也是最重要的,就是女人的小脚,七十年代的时候,早已没有女人缠足之事了。曹聚仁这是在同谁,同什么奋战?堂吉诃德同风车大战,至少还有个风车呀!你曹某人在同什么大战?鬼也不知道。当时是十年浩劫之中以及之后,无数人遭迫害被株连,你却奋不顾身鞭挞那早已不存在的女人的小脚, 这是正常人干的事吗？这使我想起许多事情……许多年过去了，我等着，会有人说话的，但等不上，只好我自己说了。二十世纪的中国，革命运动一浪高过一浪，人们只顾眼前，人人自危，自顾不暇。从前的事，就是十年前的事，都想不起来了。到新中国成立，中国人民站起来了，以前的事，二十世纪前半期的事，再也无人提起，仿佛就不曾有过一般。

现在还说女人的小脚，二十世纪上半期，自辛亥革命以后，新文化运动兴起，新文化人鼓噪成一片，震耳欲聋，高声呐喊，打倒孔家店，剿灭孔老二……其实，这些文化人，都是小脚女人生的，他们中间的许多人，并且娶了小脚女人做老婆。后来他们学成归国后，便向旧礼教，当然首先是向父母之命媒妁之言——开战！然后不经法院，不经审判，随意离婚。或者双妻在堂，或者离婚不离家。古人说如弃敝屣，恐怕连敝屣都不如，视小脚老婆如同无物……世界上到哪里去找这么残忍的事情啊，但是从来没人谴责过这种不义行为。小脚女人，也就是他们的母亲和妻子们——都不是人？不能当人看待吗？没有一个新文化人悼念过他们的小脚女人的母亲，更没有一个新文化人，肯在自己的文章中提到被他们抛弃的小脚女人的妻子。中国的新文化人都是些什么人？这还用问吗？这种换老婆的风潮，三十年代最为流行，到四十年代，至 1949 年前后的一段时间，达到了高潮。那种普及的程度，深入广泛的程度，实难想见。为什么《秦香莲》一剧，多种剧种都唱，大唱特唱，唱彻了五十年代，这是为什么？研究历史的人，研究文化史、思想史、政治史、风俗史、戏剧史……的人们，谁曾经过问，谁曾经考虑过这样的问题。他们只看书本，只说外国人书本里有过的话，再即只说领导人说过的话，以及本单位领导人说过的话……你就是打死他，他能看到实际生活中的真正问题吗?!

四十七

中国人极端地缺乏主见。中国的历史就按中国的历史事实写，不是挺好吗？不，要按西方的历史写。五种社会形态，不够，便一定要找出奴隶制社会来。马克思已经开了一个不大不小的口，叫亚细亚生产方式，因为拿不准，不敢置喙。结果，亚细亚生产方式成了马克思的自留地。中国古代，不仅有十三经、先秦诸子，而且有二十四史，十通等等，等等，西方国家谁有这么丰富的、有条理的、非常完备的史料？硬说那是帝王将相的家谱，摒弃不用。结果关于中国史，简直不知如何写是好。

现代史，就是眼前的史实，中国人也不敢提出自己的独立的看法。例如第二次世界大战，是从何时开始。欧洲人认为从苏德瓜分波兰开始，1939 年。中国于是就把抗日战争说成是八年抗战，从 1937 年 7 月 7 日芦沟桥事变开始。这就非常令人费解，为什么中日战争是在河北省的宛平县开仗呢？这地点在北京(当时叫北平)的西南方向近百里，这是为什么？芦沟桥前的永定河是中日的国界吗？这事情回想起来很是丢人。正是因为这样，叫日本人怎么反思？他能反思吗？让他从芦沟桥开始反思吗？

最近出版了美国人本特利和齐格勒著《新全球史》的中文本(北京大学出版)，他们在谈论第二次世界大战发生时间问题时，把中日战争开始时间说成是 1931 年 9 月 18 日，日本鬼子侵占中国的东三省。中国人都记得，第二年、第三年，日本又占领了中国的热河省，察哈尔省，后来又占领冀东二十多个县，进而日本鬼子向国民党政府提出"华北五省自治"的要求,于是激起北京的学生游行示威,学生要求武装起来保卫华北。这些事情谁都清楚,就是历史学家不清楚,纪念抗日战争从芦沟桥开始,抗日战争只有八年……

中国人写自己的历史,是为欧洲人写的吗? 不知道。

四十八

　　贝尔纳的《黑雅典娜》指出：“希腊的半神圣形象”，是十九世纪的创造物（参见沃森著《二十世纪思想史》上海译文出版社第 844 页）。这事情非常发人深省。在中国，顾颉刚提出“层垒的构成的中国古史”，这是一个创举。同时我们应该看到，从阎若璩至康有为，也是层垒的构成了中国的新经学史。

　　仔细读一读周予同的有关经学史的著作吧，那是崭新的经学史，是全新的科研成果。疑古派的怀疑一切的理论，以及宁疑而错不可信而错的做法，那正是十九世纪兴起的强大的世界思潮。这个思潮在西方产生了对希腊对古典文化的崇拜，而在东方恰恰同西方相反，产生了对中国古代典籍的践踏。崇拜带来了藐视，对西方的崇拜带来了对东方的藐视。这问题是如此地紧密，如此地自然而然，如此地令人望洋兴叹。所以，二十世纪中国人的中国经学史，都是重大的新成果，充满新思想的崭新的大部头著作。但是，也不要忽视一点，它们同真正的中国经学和中国经学的历史，没有关系。

四十九

英国人,阿克顿(1834–1902)《自由史论》(译林出版社 2001 年版)的《前言》,费尔斯(1984–)所作也。阿克顿,历史学家,见古奇的书《十九世纪的历史学和历史学家》,商务印书馆 1989 年版第十九章,下册,第 602 页。

费尔斯写道:"阿克顿不相信道德与政治或公共生活相分离。为爱国主义的理由下命令谋杀的政治家与为金钱拦路抢劫杀人者同样都是谋杀犯。阿克顿认为,用同样的词句对之做出判断正是历史学家的责任。阿克顿主张历史有一个道德目的;历史学家在无偏见地收集证据之后, 他必须依据这些事实做出判断和对人格做出描述。"他赞同爱德蒙·伯克的观点,"真正的政治原则是那些能使道德也有所增益的原则";他告诫历史学家,"不能容忍任何人和以任何原因逃脱历史有权对错误实施的惩罚"(《自由史论》第 7 页)。

在何兆武主编,商务印书馆 1999 年出版的《历史理论与史学理论》中,有爱德蒙·伯克(1729–1797)一篇文章《论法国革命》(该书第 131 页)。他提出,借尸还魂,魔鬼附体,全盘接受被自己消灭的阶级的思想,打倒皇帝做皇帝,打倒什么,自己就变成什么……他的说法是"精神轮回"。他并且指出,感情的虚假,心灵的败坏,违背道德,养成奴性……这就"理所当然地只配受奴役"(该书第 132页)。伯克是非常激烈的,然而却是正确的,一针见血。《自由史论》中有《论伯克》的一章,见第 135 页。上引《论法国革命》是伯克《法国革命论》的摘录。《法国革命论》已由商务印书馆于 1999 年出版,何兆武等译。

阿克顿说道:"不能容忍任何人和以任何原因逃脱历史有权对错误实施的永罚。"这话是在他的就职演说中。这篇文章收在何兆武主编的《历史理论与史学理论》一书中,第337页,非常之好。"有所增益的"译作"扩展的","错误"译作"不义","永罚"译作"永恒审判"(该书第363页)。他指出:"赞颂乃是历史学家的破产"。"对历史经验的教条化比对它的无知和否定更加危险,因为这会使罪恶的统治得以延续并认可不义的权威……"阿克顿提出,对胜利者,权势者(例如光荣革命的胜利者,英国国王威廉三世)要更加严格……(见该书第364页)这一切,是如此鲜明,如此尖锐,如此激烈。这些话,使我们感到震惊,以往我们连想都不敢想。我们以往只知道法国大革命,巴黎公社,十月革命,罗伯斯庇尔的恐怖政策,斯大林的肃反和大屠杀,至于英国的不流血的光荣革命,我们是一无所知。例如在翦伯赞主编的《中外历史年表》,1688年中,对"光荣革命"一字不提。再如基佐的《英国革命史》,几十年来我们只翻译出版其上部,置中下部于不顾。我们只承认流血的革命……更有甚者,对内部,对同志,对任何思想认识问题,都以暴力手段解决之。然而正是英国人,提出了任何人不得以任何理由,逃脱历史学家对其不义行为的永恒审判。

玩洋东西玩惯了的人们,总认为中国传统文化中没有什么思想资源可供开发。其实,明朝初年的方孝孺(1357-1462)就说过这样尖锐明确的话:"史氏者所以赏罚天子而立天下之大公于世"(见方氏《逊志斋集》卷五《条侯传论》),对天子也要实行奖惩,毫不含糊,这是历史学家的天职。

听了鲁迅和曹聚仁的话,不读中国书,不读中国古书的人,已经有两三代了,看来是吃了亏。自己看不起自己的传统文化,这种人只在中国有,别国是没有的。方孝孺也不是凭空说这话,他是根据孔子的作为和司马迁的说话"贬天子,退诸侯,讨大夫","以为天下仪表"(见司马迁《史记·自序传》)。由此可见班固删掉"天子退"三字是不对的。既然是任何人,不能没有天子的事,对胜利者,权势者(包括国王或说天子)要更加严格。这种原则精神,同替圣人立言,为尊者讳是相违背的,十分伟大,更不要说高唱赞歌的造神派了。

最后我想着重指出,先秦诸子中,只有《吕氏春秋》对此有过明确表态,《简选》篇中,吕不韦写道:"行罚不避天子。"

五十

历史学家们在寻找拉美社会停滞与阻碍现代化发展的原因时，首先看到的是国际帝国主义对拉美社会经济文化的不利影响……(详见巴勒克拉夫《当代史学主要趋势》，上海译文出版社 1987 年版，第 189 页)

此点也符合中国的情况，中国的政治经济以及文化，无一不受帝国主义的不良影响。以二十世纪而论，前期主要是受欧美的影响(通过日本)，后期主要是受苏联的影响。社会帝国主义，也是帝国主义，此点不容否认，不能说受苏联的不良影响就是天经地义。当初受欧美的流行学术观点的影响，也是唯新是从，后来布尔什维主义最新，于是中国人便一拥而上。

不能让中国人见到个什么新东西，一见就踊上去抱住不放，至死不渝。本来是外国一时流行的什么玩艺，昙花一现，外国人玩一阵就丢掉了，中国人抱住不放，一辈子坚持不渝，甚至两辈子，三辈子，以至无穷……有人批评某些歌唱家，一辈子就会唱一个歌子，至死不变。我就想，岂只歌唱家哟，这是中国人的习性。他们批判旧道德，可是却按旧道德办事，至死不渝。

不过，拉美没有中国的悠久历史和传统文化，他们受影响不容易摆脱，中国则不然，传来的是皮毛货，中国人得的也是皮毛病，只在腠理之间耳，好治。

五十一

1956年我开始读黑格尔的《历史哲学》、《小逻辑》和《哲学史讲演录》等等,我拼命地钻研,但是不知为什么,我不喜欢黑格尔。总觉得他艰深晦涩,非常难懂,充满了文字游戏,简直就是概念魔方。我之努力钻研,完全是因为苏联,把黑格尔捧上了天,中国人也跟着呐喊,一阵风,身不由己……后来才知道美国现代学者威尔·杜兰,早在 1926 年已出版一部《哲学史话》,其中对黑格尔多有指斥。威尔·杜兰的书,1957 年台湾已翻译出版。我是在 2007 年才见到此书的 1968 年台湾第十一次印刷的中文本,书中第 273 页是《关于黑格尔》。

威尔·杜兰写道:"认识这辩证的过程和这纷歧的统一,'心'是一种顶要紧的机关。心的作用以及哲学的任务,即是在纷歧的状态之中,发现其潜在的统一性,伦理学的任务是使人的个性和他的社会行为一致,政治学的任务是使个人和国家一致。宗教的任务是使人体会到宇宙的绝对,所谓绝对就是一切对立的统一,就是一切存在的总和。"黑格尔写道:"宇宙的本体就是理性……世界的设计是绝对合理的。"黑格尔说:"现状是神圣的。"又说:"凡是存在的都是合理的。"

对现状的永远的不满,是社会发展的精神上的动力,这在中国古代的士人们身上和现代知识分子身上,表现得最为明显。从这种意义上说,往往存在着的都是不合理的,或说不尽合理的。黑格尔忽然宣布,是合理的,并且是神圣的。这对统治者、剥削者、富人和既得利益者来说是太及时、太干脆、太棒了！所以当时就有人称黑格尔是"御用哲学家"，想来这是很自然的。

威尔·杜兰写道："叔本华说，读者在阅读康德以后，必然觉悟到凡是模糊的东西未必是没有意义的。但费希特、谢林等却趁这机会卖弄主义，把形而上学弄得和蛛网一样。真正顶无谓的文字游戏，在过去只有在疯人院才可以听到的，终于在黑格尔身上集其大成，并且变成最厚颜无耻的神秘主义的工具，结果这不但使后人难以相信，而且将永远成为一座代表德国人的愚蠢的石碑。"

五十二

二十世纪一百年间，中国人只说外国人说过的话，都是一些老话，老掉牙的话。而外国人对中国事情又不甚了了，他们简直就是水中望月雾里看花一般，朦朦胧胧，似是而非，不着边际。如此这般外国人的无知，倒成了中国人的困难，无可奈何。

"孔子在陈何思鲁之狂士？"孟子曰："然而无有乎尔，则亦无有乎尔。"奈若何……可奈何？今年是 2007 年，现在是十二月，离开二十世纪已经很远了，但是似乎还没有离开，就像没有离开一样……依然不见其人，"小子狂简"，"不忘其初"，一直未见其人。如何能不兴一浩叹！吾有诗句是，"平生晦气因识字，半世征尘无悔难。"我今年犬马齿虚岁八十，八十老朽，虚度光阴，尚欲何言……

五十三

　　《稗史汇编》第二十九卷《人物门》有一则故事，"司马公见太宗"："司马公作《通鉴》，至唐太宗之世，忽有穿黄袍者见(现)于前曰：'先生幸善书之。'公起持笔，知为帝也，跪而言曰：'陛下秽德多矣，臣头可取，笔不可夺。'遂不见。予谓三代而下，若太宗亦可谓盛德之主，然卒不免于秽德之贬者，徒以建成与刺妃之事也。然则君人者鉴此，修身正(齐)家之道可废而不事与？"(事见《唐秘史》)

　　如果研究历史，拿这种宋人写的《唐秘史》做根据，当然是不足为训了。如果只是考查一种理论，一种观点，一种认识，虽然是传说，是无稽之谈，仍然是有参考价值的，因为它同样启发人多方面的思考。不过《稗史汇编》的编者，并不把这条传闻编入虚幻的神鬼故事中去，而是把它编在实实在在的"人物门"类中，这也可以看出对它的重视。我初次见到这个故事，曾想："这可能是司马光做的一个梦吧。"谁知道，也许根本就是瞎编的，但是他却用了一个重要的字："贬"。这不能说同司马迁没有关系。司马迁在《自叙传》中说"贬天子，退诸侯，讨大夫"，后被班固删掉了"天子退"三个字，仿佛史家对天子(当今的天子和逝去的天子)只能匍匐在地，连声"臣罪当诛"的意思。班固的学问不错，品德极低，这是公认的。当然，即使在这个小故事里，司马光也是"跪而言曰"，盖礼也。他心中却有数，不仅敢于面对唐太宗，而且有"臣头可取，笔不可夺"这样的豪言壮语，可以说，不简单。做帝王的人，不要以为天下无人，崔杼弑君，自有南史氏在，而且，最可怕的是后世修史者，有如司马光这样的鲠骨之臣。他就为了讽喻当今圣上,他也可能(很有可能)对历史上的所谓盛德之主,提出更高的苛刻的要求,这是必然的,是很自然的。我们甚至可以说,历史越发展,对帝王的要求,对所有统治者的要求,是越来越高了。就是那些政绩很好,颂声载道的"盛德之主",也难免受"秽德"之贬,更何况那些依靠暴力维持着的政权呢,史家笔下不会有好话的。

　　我忽然想起这些年中国兴起的经久不衰的"皇帝热",二十年来,出现在影视中的皇帝,都是好皇帝,没有一个坏皇帝……恐怕事实与此正好相反吧,可以说皇帝之中没有一个好东西,好人就不可能当皇帝。

五十四

"陛下与士人共同治天下……"(《宋史》)

每个帝王都面临着一个永远的难题,这就是如何对待士人。若换成现代名词,这就是如何对待知识分子。

没有孙悟空不行,有了更不行;这就发明了"紧箍咒"。孙悟空受不了这种"紧箍咒",就跑回了花果山;他一回花果山,唐僧就没咒念了。古代的花果山就是山林岩穴,"孔子卒,原宪亡在草泽"。"不臣天子,不友诸侯","高尚其事,不事王侯"。"于陵仲子何为而不杀?"鲁仲连自有鲁仲连的去处,鬼谷子藏在何山何林,无人知晓,严子陵自有钓鱼台,梁鸿为人舂米……

大舜是士人,大禹也是士人,伊尹,傅说,姜子牙,管仲,孔子,孟子都是士人。自从有了皇帝,士人的日子一天比一天难过,苦不堪言,言不胜道。从秦始皇始,中国历史陷进一个大旋涡,无论如何不能自拔……

西太后废除了科举制度,举办学校。二十世纪末至今(2007年12月)二十一世纪初,许多大学都欢度自己的百年校庆,许多人写了许多文章,谁也没提这是清朝末年创办的学校,对西太后却只字不提。既然骂西太后专权,没有这专权的人说话,这么多的大事能办成吗?

中国人一向是不思不想,囫囵算账,想来十分可笑……只有科举制度才能产生真正的文官政府,可以说辛亥革命以后,大搞新文化运动(实际上是殖民文化运动)的人们,跳着脚大骂科举制度,他们未必明说主张军阀混战,主张军政府,主张任人唯亲,但实际上他们就起了这种作用, 就把军阀混战说成是这种无聊文人们造成的也未尝不可。

路就是这么走过来的,谁也无法否认吧。这正是反对科举制度和打倒孔家店的后果,一个甜蜜的苦果,吃了一百年……

五十五

一张纸片上所记。

昨天几位朋友在寒舍里闲谈,杂谈一片,高论层出,我很兴奋。朋友们走后,我激动不已。夜深了才睡,睡下以后又起来,觉得有必要将我的思想要点记下来。现将其概略归纳如下:

一、国学就是经学,经学就是儒学,儒学就是仁学。仁者人也,仁者爱也;仁慈,仁政,以仁为己任,仁者爱人,仁者无敌……当今中国学术应该回到国学上来。只有立于国学,中国学术才有发展。

二、确立国语的稳固地位,保卫国语。汉语应该叫华语,它是我国各族人民的国语;汉字应该叫华文,它是人类的宝贵文化遗产。我们应该尊崇华文华语,誓死捍卫它。当前尤其需要捍卫成语,成语不容破坏。

三、废除简体字;简体字只用于私人记录;汉语拼音只用于难字注音,不可独立通行。

四、彻底改造中小学语文教育,从成人抓起。一部《四书》,三天就可以读完,哪个中国人抽不出三天时间来?成人教育是少儿教育的社会条件和社会基础;每个儿童在十二岁前必须背会《四书》。一切语文教育,当以古典文学为主,辅助以古典的白话文,废弃"五四"以后的无聊的蹩脚的"欧化国语"。

五、编辑出版《东周学库》,包括《十三经》、先秦诸子、《逸周书》、《黄帝内经》、《山海经》、《大戴礼记》、《韩诗外传》、《竹书纪年》等等,以及汉人所传授的先秦典籍。出版集注本、简注本、白文本。

春秋战国是中国学术文化的成熟期，其成果应该得到发扬光大,祖国万岁！国语万岁！国学万岁！中国文化万岁！

这是我的文化宣言。

（2000 年 10 月 1 日晨记）

五十六

"十九世纪的德国所经历的革命多于英国,但在经济的发展上却慢于英国。"(雷蒙·阿隆《知识分子的鸦片》译林出版社,第40页)这是为什么呢? 这个问题不值得一提吗?

革命为了什么? 革命向人民许诺的是什么? 如果这样的问题,不值得一提,或不置可否,能说得过去吗? 每个革命者都责无旁贷有必要思考这个问题,这还用说吗? 我想起1986年美国一个参观访问团参观长春第一汽车制造厂后说的话, 看了长春第一汽车制造厂以后,有两个惊奇,第一个惊奇是1956年中国的汽车制造业就有这个水平,令我们惊奇;第二个惊奇是,三十年以后,到一九八六年,中国的汽车制造业依然还是这个水平,这更让我们惊奇。这是为什么? 这不值得考虑吗?

五十七

说到三族以及三族之刑,九族、十族……中国人做事情是颇有魄力的。其实三族是哪三族,解释颇有歧义。

《大戴礼记·保傅》:"三族辅之。"《礼记·孔子燕居》:"三族和"。旧注曰:"父、祖、孙三族。"不通,父、祖、孙是三辈。又曰:"父母、兄弟、妻子。"父母异姓,非一族,兄弟同姓,非二族。若细说,妻与子连称,亦不知何谓。总之,这里的所谓"三族",一望而知既非父祖孙,也非父母兄弟妻子。看来旧注靠不住。此三族,即父族,母族(外家),妻族(岳家),此三族中母族妻族皆异姓之族。

看来婚姻对古人来说,确实是终身大事,再不能更严肃了。因为包括三分之二的异姓,所以非常郑重,此等事情万万不可马虎。偶然翻书,看到《民国丛书》第三编,第七册,刘仁航编的《东方大同学案》,书中第129页说:"亲亲为私天下之始"。讲得很好,亲亲,传子(后来又有传嫡传子之制度……),确像私天下之始。然而又一想,不尽然。三族最亲最近,三分之二是异姓,并非绝对的私,因此,贤贤也非绝对的公。这个道理很简单,只要肯细想,谁都能想透。

后世有三族之刑,以至九族之刑,残忍之极,不人道之甚。明朝的方孝孺遭十族之刑。十族包括朋友,这就宽得没边了。十族之名目古代未有,其实际却古已有之,这就是秦始皇。荆轲刺秦后十年之间,到处抓燕丹荆轲的朋友,例如高渐离。这就是十族之刑。这事情发生在灭亡燕之后,燕国君臣,王子王孙,早已被杀光之后,更见其残忍之极。恐怕秦始皇如果不死,真的长命百岁,这事情大概要永远干下去,直至株连枝蔓到没完没了。上天保佑,他终于死了。

五十八

偶然翻《锦绣万花谷》，在卷十四，第 781 页上，见到"扁鹊兄弟"的条目，说是出自《鹖冠子》云："扁鹊兄弟三人皆善医，魏文侯问曰，谁最善？扁鹊曰，长兄最善，仲兄次之，扁鹊最次。长兄视神理，故名不出家门；仲兄视毫毛，故名不出乡里。扁鹊最次，针人血脉，投人毒药，故名传诸侯。"（详见《意林》附录）

可见中医之术，即关于疾病的认识，认知和把握，是很深沉的，是很难掌握的。它很难掌握，可并不是不能掌握。它需要智慧，这就是智商。智商有多种，分着层次。按《论语》说，智商有三个重要层次。据子贡说，颜回智商最高，"先生说一，我们只能知二，颜回则不然，先生说一，他知十"。可见有三个层次，第一，最低的，一是一，二是二，说一不二，这种人考试得一百分；第二，是举一反三，即子贡说的，说一知二；第三是颜回，说一知十。

举一反三，是中等偏上的智力，可以造就，持续努力下去，或可达到说一知十，也未可知。君子上达，不可限量。中医是中等以上智商的人学习的，最好是说一知十，此之谓不为良相便为良医者也。

现在假设有一个人，想保持健康，是找扁鹊兄弟三人中的谁来看看呢？当然最好是长兄，还没等病真正生起来，他就给你调理好了，这就是预防为主了。不然请仲兄也行，虽有症状，但不严重，一治就好，也是高手。最后，病得不行了，才请扁鹊，投毒药，针血脉，只要能治病也行。

谁也不会希望自己的病体沉重、无可奈何、受尽折磨……这自不待言。但是社会生活中，在政治上，在历史的进程中，讳疾忌医，甚至恨医生的事是很多的，可以说是屡见不鲜……

　　虽说讳疾忌医的人屡见不鲜，比比皆是，但是，要说谁敢说他有病就把谁杀掉，这样的人，还是不多见的。一旦见到病状，甚至已经病体沉重，若有人敢说他有病，他仍然要杀人，这样的人就更少了。不过，在历史上是不乏其人的。直到他们病入膏肓，仍然讳疾忌医，一提病症，杀杀杀……这样的人，依然是有的，这就是他的"命"。对这样的人，即使是扁鹊再世，也是无所措手足。这样的人多半是帝王，或者说是有帝王思想的统治者，他们拥有武力，可以无限制地使用暴力，这自然就是暴君。这样的暴君是不值得同情的，你没法同情他，你同情他，他可不同情你，他真敢杀你，奈何。

　　所以说，历史同一般的社会生活是不一样的，以常人的心情对待历史是不太合适的。历史比一般社会生活冷酷得多了。

五十九

有一次,我孙子林骀虞问我,孔子这句话怎么理解:

"子曰,唯女子与小人为难养也,近之则不逊,远之则怨。"

我说,这很容易理解。近则不逊远则怨这样的问题有没有?说,有。经常出在什么人身上,是不是经常出现在小人身上?说,是。在两千五百年前的男尊女卑的社会里,女人中犯此缺点的人是不是也比较多?说,是,这就说明孔子没有说错。

孙子说,此话是否有点轻视妇女的倾向?我说是,孔子把女人与小人连带着说,自然就有这种缺陷。现在时代不同了,已无人轻视妇女。

孙子说,鲁迅对此甚为不满……我说是,鲁迅首先想起自己的母亲,于是他骂孔子此话也说了夫子的母亲……鲁迅工于谩骂,说话尖刻,特损,特毒,谁也比不了。尼采的内心世界也是非常黑暗的……鲁迅生活在批孔的时代,不过骂孔不是批孔。

二十世纪中国人在轰轰烈烈的批孔运动中,很少有人写出深入细致的文章,认真批孔。多半都是破口大骂,越骂越起劲。说起来是批判与继承,实际上是既无批判也无继承;谩骂不是批判,歌颂也不是继承;骂孔不是批孔,就像目前对待鲁迅一样,既无批判也无继承。

我想辛亥革命之后,大多数的留学生归国后就投身新文化运动,或做教授,或做官僚,一般没有时间读书的,尤其是读中国的经史,所以批起孔子来非常粗率,概不深入,骂一骂完事,赶时兴而已……他们的研究"国故"也主要是偏重于文学,文学革命,革命文学,急功近利,即使研究中国历史,也只是为了证明五种社会形态而已。

现在细读《民国丛书》,有许多新见解,新思想,都是从外国贩来的,他们总是摆出一种气势汹汹的样子,十分吓人,不过如此而已。

六十

读罢一本中国近代史,然后掩卷沉思……即使记下一些感想,也不过是沉思默想的残余而已。

中国人读历史,或者写历史,就像小孩子看电影一样"爷爷,哪个是好人,哪个是坏人?"好人就要彻底的好,坏人就要彻底的坏;谁要是提到好人的缺点,或是提到坏人有什么优点的话,那就犯忌,说不定犯了众怒……中国人真是齐心呵!

1900年八国联军之后,1902年西太后从西安回到北京,立即着手改革之事。她下令进行了一系列政治、经济的改革,包括废除科举,兴办学堂,修筑铁路,开办工厂等等,甚至可能还包括剪掉辫子,至少在军队中剪掉了辫子……谁知在多年以后,张勋复辟竟然建立了"辫子兵",真是进一步退两步呀!总之,西太后的改革之举比康梁的百日维新的改革更为广泛,更为激烈。而这一切,后来的中国人,在后来的历史书中,是绝对看不到的,因为西太后是一个坏人,她怎么能做出如此众多的好事呢?坏人做好事,呀呀!不可思议。

后来的人们只是大骂科举,骂彻了二十世纪,意犹未尽,仿佛废除科举是他们的功劳一样,岂不哀哉。没有科举,何来文官政府?没有科举,只能是任人唯亲,或者卖官鬻爵了,不可能是别的。

六十一

要说中国古典文化博大精深，莫过于《周易》。可以说三千年来，中国人不断在实践着，验证着两部古代伟大典籍，一是《周易》，二是《黄帝内经》。

现在，抄一段《周易》看看它的思想是否博大精深。"乾卦"，"用九，见群龙无首，吉。""用九天德，不可为首也。""乾元用九，天下治也。""乾元用九，乃见天则。"

群龙无首是个贬义词，然而在《周易》中却是"吉"，吉利，好词，毫无贬义。三千年下的我辈，应该如何理解。又说，"不可为首也"。这意思是再明显没有了，不仅是不可以称王称霸，恐怕也包括着不可把客观社会，历史发展规划出一些想当然的条条框框，叫做什么"必然王国"，"规律性"，"必然性"等等、等等的吧。这种（其实是各种各样的）把自己的愿望、想像、空想、推理等等，强加于人，强加于社会，强加于历史，声言要"创造历史"，要"创造新人类"的行为，这种丧心病狂的妄人，自法国大革命到二十世纪末的二百年间出现了不少，还用把他们的大名一一列出来吗？他们都自称"英雄"，并且也曾经被人们当作英雄着着实实地歌颂过，又怎么样呢？不怎么样，都同小丑一样滚进了历史的垃圾堆。自称创造历史的人，实际都做了历史发展的障碍物，毫无例外。

"不可为首也"。这就是《周易》的告诫，没有错吧。就是反对中国古代学术文化的人，就是厌恶《周易》的人，也不敢说这"不可为首也"是错误的吧。你可以水平高一些，也可以水平低一些，你可以理解的偏左一些,也可以理解的偏右一些,你能把这话理解错吗?你来个错误的解释,让人听听。在这里,我想提到哈耶克,我想这不是多余的吧。

哈耶克是二十世纪最值得注意的政治思想家,出生于奥地利,后定居英国。1944 年出版《通往奴役之路》,1988 年出版《不幸的观念》(又译作《致命的自负》),此两本书都有中文译本。

他说:"生命没有目的,生命就是它自身"。他鼓吹一种"自然的"、"自发的"、"合作的","扩展的秩序"。他说:"扩展的意思是指一种超越人们的视野的秩序,我们赖以维持生存的这种秩序不是我们可以理解的"。对于某些大人先生们来说,天下没有不可知的和不可理解的东西。其实就在我们的视野之内的具体事物,就硬是视而不见,麻木不仁,无所措手足,简直是五角六张,更不要说"视野之外"以及"超越视野"的了。所谓超越视野,它也可能是精神的,也可能是物质的,不得而知,但它是存在着,顽强地存在着,顽固地一往无前地作用着人生,作用着历史潮流……

哈耶克于 1988 年去世,到他去世他也没给他的理论一个恰当的命名。我想他肯定没有看过《周易》,他若看过《周易》,即使英文译本也成,他一定会把他的理论命名为"天则论"。一哂。

还有一位英国人,莫诺,是诺贝尔奖得主。1971 年,他出版了一本书《从偶然性到必然性》。这本书到二十世纪九十年代忽然名声大噪起来。他的理论同哈耶克一样,但他比哈耶克精确得多,他以数学、物理学的方法,证明私有财产,自由市场和生命一样,其重要特征是:"自发的"、"自然的"、"扩充的"、"不断的自动的重新组合"。他指出:"进化只是因为核酸具有精确的自我复制的能力才得以发生的,因为这意味着只有偶然事件才能发生突变。"(见彼得·沃森著《二十世纪思想史》上海译文出版社,第 718 页)这个理论把历史发展的目的论彻底推翻了。沃森指出,莫诺的理论,不仅是自然科学、历史科学,而且是一种伦理标准,或说是道德观念……

现在我们就是把《周易》的主旨看作是伟大的道德观念,也未尝不可吧。仔细读一读《周易》吧,它的主旨就是"仁者无敌"。

六十二

胡适说"少谈主义"……恐怕至今依然是这个问题。

其实这个主义，那个主义，这个后主义，那个主义后，不过就是追求新鲜，追求激进，追求非同寻常而已。这些努力不是学术问题，只是广告技巧罢了。仔细看他们的成果，既没有新材料，也没有新观点，甚至没有提供新的思路。

个体与个体之间，必然有差别，必须有差别，不然则无发展可言。而认识这些个体，不是抹杀它们的差别，而是首先承认它们的差别，尊重它们的差别，适应它们的差别。过去教条主义者，只强调共性，强调必然，强调规律，根本无视个性，更无视差别，等等。必须把世界抹平，才能简单地对待。比如，二百年前就有所谓世界主义，后来有世界革命，从托洛茨基到格瓦拉，不能忽视这些人类的实践都是非常猛烈的暴力实践。你叫世界主义，我叫国际主义……先有"国联"，后有联合国……这些东西已经叫了许多年，现在又来一个"全球化"……这是什么人的要求，谁化谁，这对谁有利？化什么，怎么化？等等，等等，不一而足。这种所谓的新思潮，不过就是跟着新名词转罢了。说是寻求外国的新东西，急忙运来却只是为了开辟自己的市场。人类若只是努力发明新名词，这就是证明，真正的智慧已经枯竭了。

从雅斯贝斯的"轴心期"下来，人类智慧既然在两千年前就已经成熟，再下来它就应该走向平实，走向具体，关注个体和个性尊严，关注生命自身及其生存条件。生命没有目的，它不为什么，它不为别人而存在。除此之外，花里胡哨的东西，玄之又玄的东西，都是多余的，至少是不诚实的。

所以著书容易，立说难。

六十三

我曾经两次被领导命令"不准看书"。一次是 1952 年"三反"中,在朝鲜开城前线,是一个老红军对我下的命令。另一次是 1977 年"清查"中,在省轻工业厅,是一个老八路对我下的命令。"清查四人帮"的运动,进行了两年,说"要打一场人民战争"。

从五十年代初,到七十年代末,如此这般,三十年为一世,这就清晰地勾勒出了一个时代的身影,还有什么可说。当时,革命口号喊得很凶,生产情况越来越不好,以山西而论,工农业生产,1978 年落至解放后最低谷,从军队到地方,到处反对看书,看书是不可饶恕的罪行。

我的青春献给了革命战争,没能上什么学,所以急着看书。说看书,当时书店空空如也,找不到应该看的书。好在过去,省委、省政府、省政协和文史馆,各有自己的小图书馆,读者甚少,清静得很,我就靠这些……

每次政治运动都把我定为敌我矛盾,可是在发言中又称同志,说这是党爱护你,"恨铁不成钢"……我什么时候成了铁。后来我想,我是王八吃秤砣,铁了心了。按照社会达尔文主义,弱肉强食,你死我活,物竞天择,适者生存……

1978 年清查中,我刻了一枚闲章,"你死我活"。要让我吃掉你,我没有这个能力,也没有那种想法。我的斗争,就是不被你吃掉,这就是我的胜利。

在这疯狂的年代,我是挨整三十年,读书三十年,至于升官发财的事,自己就不敢想了。我不是开始就淡泊名利,是后来一次再次在党的关怀爱护之下,渐渐地就淡泊名利了。唐德刚说,形势比人强,大概就是这意思吧。人被形势扭曲了,变质了,变成了秤砣。

六十四

先入为主倒也难免,入主出奴,这就不自然了,过去是"西学中",先学西医,什么医学院毕业,然后委派去学中医。先入为主,学了多年,越思越想中医越没道理。他们用西方医学科学的实验的技术性的所谓理论,也就是机械唯物论的理论,对待中医和中药的实践,当然有许多是不能化验的,于是就否定中医。西方的机械唯物论曾经长时间统治着医学界。恩格斯曾经把这种唯物主义叫做"医生的哲学",这已经是很明确的了,只是中国人不太注意罢了。中国人在接受西方的东西时,很呆板、很愚笨,也就是很落后了。中医治好了病,但是化验不出结果,实验不能证明,说不清道不明,也就是匪夷所思,西医就不予承认。这也难怪。这里有化验手段,实验方法,技术的真正进步,物质和精神的关系,它们互相转换……许多问题尚无结果,说不清,"测不准",什么时候认识也是有限度的。

所以我提出,不要"西学中",而要"中学西"。一个有志于医学的青少年,先学古文,背《周易》,背《内经》,背《本草》。功夫不负有心人。一提这些,有的人就皱眉头。他们大喊:"这太难了!"是难。他们说:"这是折磨孩子们,这是虐杀……"虽然难,却不是折磨,更不是虐杀。一个大国,人口众多的大国,应该有丰富多样的实践,尤其不要完全扔掉早已有的古老的教学方法,不要怕,大师就在传统的教学方法中产生……

六十五

　　因为不放心，今天又翻开《史记》，仔细读了司马贞的《三皇本纪》和司马迁的《五帝本纪》。现在可以得出结论，古书上所记载的，三皇五帝都是人，都是人的事迹，不是神，没有神迹，他们不自称神，人们也不把他们当作神。这是中国古史的特点，或说特质，这是别的国家的古史和上古史所没有的。这是中国古代没有宗教的明证，也是儒家理想建立道德社会的思想根源。他们(三皇五帝以及其后的王侯们)也敬神，"敬鬼神而远之"，所敬不过就是山川之神和祖宗之鬼而已。这一点，一直到春秋战国时期，思想家、政治家们，都是这么说，都是这么想的。

　　因为没有神，所以后来中国的统治者们，稍有成就，就想成为神，或成为神仙。自从有了皇帝以后，神就同帝王思想联系在一起，像滚雪球一样，越滚越大。秦始皇自称"真人"，在他以前的燕昭王，和在他以后的汉武帝，都想长生不老，都想变成神仙。以至后来造神运动的一再兴起，一再衰落，不计其数，以至不可思议。这同权有关。权利、权力、权威，绝对权威，权威主义。说起来是为了办好什么事，说话没人听不行，有人听还得要求整齐划一，大一统，大统一，谁敢说个不字……最后就有一种自然而然的要求，即把自己变成神。

六十六

关于物有必然，社会发展史思潮，思想方法，自由王国……我们的脑子里充满了教条。于此，人们发明了必然性和偶然性的说法。马克思说，偶然总是出现在必然发展的交叉点上。仿佛有道理，其实只是一种说法而已，一种对必然的迷信。

唐德刚自称是搞历史的人，他说："历史本是必然和偶然交互为用……"而在第15页上又说："偶然是上帝也掌握不了的"。看来上帝只能掌握必然，也就是历史的一半。这里，唐德刚很接近马克思。至于必然是什么，马克思没说，唐德刚也没说。

雷蒙·阿隆说："为什么要在事情过后想象出一种活人不能理解的必然性呢?"他又说："历史决定论构成邪恶"。又说："历史哲学是神学的世俗化。"(见《知识分子的鸦片》译林出版社2005年版，第54页，第174页，第201页。)

我与唐德刚不一样，我不是搞历史的，我只是喜欢看历史书罢了。我有一些感觉，历史上没有什么必然性，有的只是各种各样的不可思议的偶然事件而已。完全是由人，由个人，由个性，由千奇百怪的个人癖好、低级趣味、自私自利，总之都是病态造成的。

历史没有什么规律可言，只是像蛆虫蠕动一样的所谓运动而已。生命没有目的，蛆虫也没有目的，历史也没有目的。但是它不停地运动着，前进着。这所谓前进，不过就是由尾部向头部蠕动而已，自己以为在前进，其实多半是在后退，在转圈儿，一切都在不自知、不自觉、不可知的情况中，如此而已，岂有他哉。

聪明人以为自己掌握了什么，胡乱给出一些什么说法。冒充
"先知"，伪先知而已。蠢人们则跟随在这些"伪先知"之后，声嘶力
竭，杀气腾腾，颇为吓人……

六十七

唐德刚的瓶颈理论,说起来振振有词,一张嘴就是二百年。其实,要说瓶颈,有如门槛,到处都有,到处都无。关键是自私自利之心,到处都有,到处都无。说"以天下为己任",这话原是"以仁为己任"。仁,有吗?没有仁,仁者人也,没有人,见物不见人。这就出来个"两截论",说某人的一生,前半生都正确,功劳盖世,后半生都是错误,罪恶滔天。这就要问,前半生真的是都正确吗?这正确是怎么来的?后半生都是错误?又是怎么来的?对一个历史人物,如此机械,如此切割,一刀两断,颇为随意,太随意了。

既然叫做功劳,就是人人都立志建立的,并且是人人都可能建成的。它是千百万人民的意志,和千百万人民的牺牲流血建成的。至于罪恶,众人不能负责,凡是罪恶都是个性造成的。首先是自私自利之心,越是位高权重,自私自利之心越重。这是不可否认的。

在这种情况下,只有格雷森律在横行肆虐,"劣胜优汰"。在自然界动物中,可能有优胜劣汰的事,在人类社会中多是劣胜优汰。因为人类进化特快,早就不凭体力取胜了。这种进化,叫进化自然可以,其实未必都是进化,此中退化甚多,阴谋诡计甚多,下流伎俩,下三滥干活特多,不能说的,如果说出来颇不雅训。

我在一次研讨会上提到格雷森律,大家有点愕然。格雷森比达尔文早三百年,他讲的是货币,其实完全适于社会生活。不信吗?仔细想你的一生,你就知道了。

如此这般,这瓶颈何止二百年?一万年也过不去。

六十八

我们以前得到的知识,也许是对的,也许不对,也许有一部分是对的,其余都是错的。这没有什么奇怪,不必恼丧,也不必悲伤,更不必看到不同的观点就大发雷霆,必欲灭之而后已。如果对不同意见必欲灭之,这就是"帝王思想"。

章太炎说,"帝王思想,人皆有之",就是指的这种官气,其实这也是一种恶习。人的认识能力是很有限的。大智大慧,产生在古代,后世没有,后世只有不断发展不断革新的技术而已。若说知识,分得细而又细,琐碎异常,只见叶脉,不见森林。人类在奸诈机巧上费心费力,早已不知大智大慧是何物件了。

当然,有了一定知识,一定的认识,就死抱着不放,这也是屡见不鲜的。不过,更多的情况,是死死固守着一点,那一点原来可能是个真理,只因为这一固守,它早已变为荒谬,不自知耳。这种情况下,就是落后了。学术上也是如此,当疑古派风行海内,席卷一切的时候,要想不受它的影响是不可能的。但是人总得冷静客观一些。从前在一片呐喊《左传》是刘歆伪造,伪古文尚书,伪这伪那,甚至在封面上明确标明"王肃撰"《孔子家语》等等,甚至编了伪书考、伪书通考一类不堪入目的烂书;更有甚者,古书中这个"当删",那个"当弃之",不一而足。中国人疯劲上来了,比外国疯子更厉害。

所谓"替圣人立言","为尊者讳"等等,这是旧时代的儒者们为了饭碗,为了保命,他们只能沿用这种信条,如果硬坚持,也只是伪忠诚,吃饭而已。权势之下,只能如此。如果认为这是真诚的,这就是傻瓜了。如果把这种伪忠诚当做真的,硬说这就是自己的立场、观点,坚持不谕,直至死而后已,这就是哄人的了。权势在一天,他就这么哄下去;权势不在了,你到哪去找他。

也许中国有这种人,"世界是发展变化的,只是我的思想是不能动摇的……"希望没有,不过恐怕是有。

六十九

　　作家周宗奇是我的朋友，1999 年，我对他说："我建议你写本书，《逃离二十世纪》……二十世纪即将过去了……"他说："不好写……"然后，他问道："你是一个老革命……你怎么竟然……"我说："正因为如此，所以才……"谈话至此，于是作罢。

　　要说人，十分伟大，说过年就过年。张家也过年，李家也过年，王二小也过年，虽然一年不如一年。雷元星说"与宇宙共时空"，确实如此。虽然如此，这话依然使我感到震惊。我读了雷元星的书，我感到一种说不出的愉快，就像前几年读了姚曼波的《春秋考论》一样，进入二十一世纪以后，有四本书令我兴奋不已。

　　一、姚曼波著《春秋考论》，江苏古籍出版社 2002 年出版；

　　二、王力红著《思考中医》，广西师范大学出版社 2003 年出版；

　　三、雷元星著《文明的起点》，东方出版中心 2006 年出版；

　　四、张岩著《审核古文尚书案》，中华出局 2006 年出版；

　　前年读了姚曼波的《春秋考论》以后，非常激动，很想找人谈谈。结果是找人谈了，弄得很不愉快。对方不但不同意姚氏议论，而且颇多指斥，好不懊恼耶！

　　虽然这样，依然不错，依然令人可喜可贺。二十世纪总算过去了，一进入二十一世纪，不几年就出版了四部伟大著作（我的阅读规模小得很，也许不止四部），这四部伟大的著作，足以令我们拍案叫绝，假若我们手之舞之足之蹈之，也不为过分吧。

　　中国人不简单，我第一次深深感到中国人不简单。

七十

所谓"自由的思想,独立的精神",其具体内容是什么,都有哪些,不得而知。倘若用一些外国名词,如自由主义,如个人主义,如人道主义,如民主主义,说来说去,颠三倒四,宽泛之极,空洞之极,不知究竟。

所谓文字游戏,就是语言魔术,他永远不想说清,所以你永远也抓不住他。黑格尔最擅长这套功夫,无人可比。

中国在古代,战国以前的古代,不但没有宗教,而且也没有哲学,哲学不过就神学的世俗化而已,所以,恩格斯说哲学是神学的婢女。

子贡问:"人死有知乎?"孔子说:"尔死自知之……犹未晚也"。孔子曰:"敬鬼神而远之"。"子不语怪力乱神"。没有神学,何来哲学。但是,关于自由之思想,独立之精神,古人并不外行。中国古代的众经诸子中,详细记载着这种思想和精神。这种革命性和先进性,可以说是无人可比,西方经典中绝无此等东西。

孔子卒,原宪亡在草泽;匹夫不可夺志;不臣天子不友诸侯;不事王侯,高尚其事;逆命;不使之臣;君命有所不受;不可使为非;易位;三谏不从则去;择主而事;鲁仲连义不帝秦;豫让国士待我以国士报之;乐毅报燕王书;顾炎武说,国家兴亡肉食者谋,天下兴亡匹夫有责。这些话不加引号,不注出处,读书人一看便知,不读书的人,你详细告他,他也不理。

有两个小故事记在这里。一个是羊斟的故事:"郑公子归生率师伐宋，宋华元率师应之大棘，羊斟御。明日将战，华元杀羊飨士，羊斟不与焉。明日战，怒谓华元曰：'昨日之事子为制，今日之事我为制。'遂驱入于郑师，宋师败绩，华为之虏。"（《吕氏春秋·察微》）编者说："战，大机也，飨士而忘其御，将以此败而为虏，岂不宜哉。"活该。

第二个故事是乐毅攻齐："昌国君将五国之兵以攻齐。齐使触子将，以迎天下之兵于济上。齐王欲战，使人赴触子，耻而訾之曰：'不战，必刬若类，掘若垄！'触子苦之，欲齐军之败，于是与天下兵战，战合，击金而却之。卒北，天下兵乘之。触子因以一乘去，莫知其所，不闻其声。"（《吕氏春秋·权勋》）这个触子是个妙人，以一乘去。天下之大，你个亡国之君齐湣王，你到哪去找他。齐湣王的下场很惨，他既没有刬若类，也没有掘若垄，他自己倒被抽筋而亡。

这里有一点事情值得注意，这两个小故事都记在《吕氏春秋》中。由此可见，《吕氏春秋》不简单，说它是春秋战国士人文化，士人思想之集大成者，不过分吧。他只告诉你一些具体事情，所谓自由之思想，独立之精神，究竟是什么，你看着办吧。

七十一

回想起上世纪七十年代,在轰轰烈烈的批林批孔运动中,经常引用《左传》中的话,如"社稷无常奉,君臣无常位,自古已然"。因此批判孔子的"世卿世禄"。"年轻娃娃们要闹革命",他们不知道孔子是反对"世卿世禄"的,难道说冯友兰、周一良也不知道吗? 所以,所谓宣传,顾头不顾尾,完全不顾效果,没法说。专家学者跟着起哄,怎么样? 不怎么样。

疑经,疑古,怀疑一切到打倒一切,直到三打倒,"打倒美帝,打倒苏修,打倒各国反动派",是一脉相承的。疑古运动中,一切古书都是伪造的,中国古史都是伪造的,帝王将相,才子佳人,都应该打倒,彻底消灭。打倒帝王将相,才子佳人,就把演帝王将相才子佳人的演员抓来,拳打脚踢,死而后快。此所谓革命小将,战无不胜的英雄。

一百年来最受攻击的古书,就是《左传》,硬说《左传》是刘歆伪造的,硬说刘歆根据《国语》《史记》等书,生编硬造了一部《左传》,然后又根据自己的伪造,再修改了《国语》和《史记》。就算他有一个"梁效"那样的写作班子,给他十年时间,他能造得出来吗? 也不想想。然而到批孔时又引用《左传》的先进思想,算做造反有理的理论根据。既然"社稷无常奉,君臣无常位,自古已然",无产阶级造反者掌权已经是天经地义,有什么可说,掌了权就"说啥是啥",谁敢说个不字,"自古已然!"掷地作金石之声。

姚曼波的《春秋考论》,2002 年江苏古籍出版社出版,她的结论是,《左传》的作者是孔子。《春秋考论》是一部三十万字的专著,详而又详,细而又细,摆事实讲道理……你可以不同意,你却驳不倒她,凡不以为然的人,可以用大量的先入为主的观念,腾云驾雾,狂轰滥炸,活跃一通,却无济于事。假若有反驳,只会引出更多的证据。就像批林批孔一样,引用孔子批判孔子。适足以抬高孔子,如此而已,岂有他哉!

七十二

　　《史记·秦始皇本纪》载，秦始皇曾经四次被暗杀，皆未成功。一、荆轲刺秦；二、张良博浪沙大椎一击，误中副车；三、高渐离铅筑一击，只中膝盖；再加上"兰池宫遇盗"共四次。这和希特勒的情形差不多，希特勒也是四次被暗杀，皆未成功（其中有一次几乎成功）。

　　读书中间，常常掩卷沉思，不禁兴一浩叹。古罗马的恺撒，号称大帝，实行专权，就在元老院的议事厅里，有人冲上去杀了伟大的皇帝恺撒。1789 年法国大革命的三巨头之一，马拉，被一个远道而来的乡村的贵族小姐将他杀死在浴盆里。这个女贵族叫夏洛特，二十四岁，未婚，她说："我杀他一个，挽救了十万个。"

　　自秦始皇之后，君权是一朝一代渐渐的加强着。无论国强国弱，皇帝的王冠不能丢，君权不能削弱。从古代的秦始皇到现代的秦始皇，二千余年，君权成了绝对权威，神圣而不可动摇。

七十三

　　殷纣王囚西伯昌于羑里,遂演《周易》。此时周文王尚未称王,只称西伯,其所谓"周易",也未必就会是西周的易。易产生于上古,伏羲画卦,一代一代传下来,到西伯文王这里,已有三千年之历史,各种重叠之法早已产生,不待西伯也。西伯只是演之而已。我意周而加之于易,或另有深意焉,只是读书人胡思乱想耳。

　　周也者,周正、周到、周密、周详、周游、周流、周边、周围、周而复始也。周之义,大矣,不可不识也。周而复始正是周易的根本精神,此不可不察也。它如周正、正道也,正见也,正人君子也,其本质是反邪教的,邪不压正也。魔高一尺,道高一丈,今人硬改为道高一尺,魔高一丈。以标榜造反有理之精神,不亡何待。周易是正人君子的东西,卑鄙小人无法接近它,此不可不省也。

　　再有周边、周围之义,最需明确。事物相连处,就是它们的边沿,其小处即学科的相关联处,其大者,这就是"天人之际",不可不精熟也。

　　历史上充满了千奇百怪的偶然事件,一切偶然都产生于事物的相关联之处,边沿之地。这也就是"人心惟危,道心惟微"的意思。大智慧,大才干,正是在这种地方精熟,精微,深思熟虑,叫做"唯精唯一,允执其中"。中者中也,就是进球。而且反应灵敏,此之谓天才,天纵之才也,此非学而知之者也。但是理智可以引向天才,这就是学科之间相互的关联和作用,这才是产生通才的地方,也就是产生大儒的地方,所谓善易者不卜,他只考虑大势,大势下的小势之变化发展，都不甚具体也。

胡思乱想，记在这里。现在抄下来，公之于众。刍荛之言，贤者择焉。

七十四

偶然翻书,见《吕氏春秋·六论·审类》说:"神农之教曰,士有当年不耕者,则天下或受其饥矣。"说神农,自然是传说,然而,却不能说,凡是传说就什么都不是。那些钱穆说的"纸片经学"、"纸片史学"的文本主义者们,相信书本上的语言,却不相信口耳相传的事实。第一,神农是真实存在过的人;第二,那时就有"士"这个群体。大舜就是个士人,舜没有祖先?

当然,也有古话,"士志于道"。虽志于道,却未必是不劳动的人。还有话,"劳心者治人",是这样说的,是说"治人"的就不用劳力了,如果不治人呢?还得劳力。当然也有不劳力的,城中,国中,有"齐人有一妻一妾者"一类的士人,为数不会很多。他们也得劳动,家中有"五亩之宅"。这位齐人只是因为好吹,所以引起妻妾的反感。

所有士农都有"五亩之宅",这是天经地义的,"愿受一廛以为之氓",必须给的。农民的"百亩之田"要交田税;"五亩之宅"不交田税,只交军赋。税以足食,赋以足兵。农民中有优秀青年,地方官吏有责任每年推荐上去,谓之秀士,可以进学。学就是庠序,或叫乡校。在乡校学习文化、礼乐,还可以议论政治,"子产不毁乡校",孔子称子产为"古之遗爱也"。在乡校中,多数是士大夫们(在职或退休的官吏们)的子弟,这是自然的。这就是中国古代社会的组织成分。

大批的农民成为社会的基层,从中每年都要产生许多优秀青年,选报上去,学成后成为官吏和候补官吏。优秀的一直在卿大夫中干下去,不然就降下来,成为赋闲的"齐人有一妻一妾"者,或甚而成为一般农民。这就是中国古代文化的特质——士人文化。这广大的群体就是《十三经》的创造者和捍卫者。自从有了皇帝以后,才有了明确的帝王思想和帝王文化。能够同帝王文化长期对抗的就是这个士人文化,这就是耕读传家的那个群体,或说自耕农的群体。他们有天经地义的五亩之宅,凑合着饿不死,可以"志于道"。后来土地私有,五亩之宅没有了,有了察举、选举和科举,他们生活着,在农村。广大的农村是士君子文化的深厚的根据地。

七十五

　　道德相对论根本就是无稽之谈。然而二十世纪此论风靡全球，成为一切罪恶的遁辞。当人类终于逃离二十世纪之后，能不予思考吗？道德相对论就是你有你的道德，我有我的道德；你以杀人为犯罪，我以杀人为建功；如果你不同意我，我就先杀了你……这种理论对所有的流氓土匪都非常适合。所以许多重大罪恶在二十世纪能够堂而皇之的公开的持续的大量施行、畅通无阻，无可厚非。

　　其实，在各民族之间，各宗教之间，甚至在不同阶级之间，在道德观念上的些许偏差，也就是相对性，是难免的。这种所谓相对性是流动变换的，你中有我，我中有你；你向我学习，我向你学习。人往高处走，水往低处流。为了求生存，求发展，不可能不如此。于是这种流动变换就引出了发展变化。虽然有数不尽的发展变化，道德的基本的内涵是不会变的。这个内涵，追根究底就是对自身以至对生命的关注，以及对一切生命的关注，对生命的来源，也就是对血缘的关注，以至最后是生命的存在条件，也就是对社会生活的关注，扩而充之，推而广之，对全人类的生命和生存条件的深切关怀。中国古人说话简单明了，这就是人同此心，心同此理。正是根据这个理，也就是天理，才看出了人间的不平，不平则鸣，才发生并且发动了革命运动。待到一革再革，革而又革之后，如果连这个作为根据的所谓天理也革掉了，这就是精神上的缴械投降。也就是说，既然道德观念是完全不同的，你有你的道德，他有他的道德，你凭什么打倒人家，自己掌握财产和政权呢？

所以,相对性无论如何不能引出相对论来,道德相对论是无稽之谈,是流氓土匪的理论,是否定革命运动的理论,是反人道、反天理、反道德的丧尽天良的邪说。

七十六

人活到老学到老，永不休止。然而，也要明确，认识自己是向别人学习的基础。不能认识自己，向别人学习什么，怎么学习？所以认识自己是件要紧事情。认识自己的文化传统，明确自己所处的历史位置等等，等等，不可忽视。

二十世纪的中国人，只知学习西方，西方什么都好，中国人什么都不行……西方至上，西方主义，西方迷信，西方病狂……这其实只是一种迷梦。一百年的经验教训，惨痛教训，丢人败兴，言不胜道。这个主义，那个主义，五花八门，贻害无穷……

所以，首先要认识自己。一个小孩子，十二岁前，无论如何要把《四书》背会。一个大人也一样，先把《四书》看下来，别的先别说，谈不到，别自欺欺人，别哄弄自己。孩子背《四书》，不求理解，但求背会，能上口，滚瓜烂熟。用不着强调理解。一个文史科的大学教授，能对《四书》有多少理解？可怜得很。也别怕小孩可能理解错了。教授们担心学生理解有错，这就证明他们的错误多得很。说不定，学生们的错误远比先生们的错误少得多。一切荒谬都产生于先生们那里，产生于这个主义那个主义之中。在大学的校园中，假洋鬼子们摆来摆去，神气十足……一百年来，早已不堪目睹。

目前提倡"国学"，这些教授们一下子都跳出来，都成了"国学大师"。真正国学大师的书，如二十世纪二十年代的几位学者的书，他们看都看不懂，恐怕根本就没看过，却抢先戴上"国学大师"的头衔，别人还能说什么。

七十七

　　人类从事农业大概有一万年了,也许有两万年,不敢定。农业的产生和发展是人类史上最重要的进步,主要食物粮食有了保证,人口才能逐渐发展起来。上至皇帝下至小贩,谁离了粮食也活不成,就是马克思,也离不开面包。是谁发明了农耕呢?根据中国古书的记载,是姜嫄的儿子弃,弃后来教民稼穑,并且做了管理农业的官。姜嫄是个女人,弃是个男人。我倾向于是女人发明了农耕技术和农业。我的根据很简单,后世称一亩地二亩地的这个亩,同母亲的母是一个音, 亩字从前在字形上是一个戴着头饰的母亲正在丈量土地的象形。亩制的发明,把耕地面积分割成一亩一亩的,是分田而耕的标识。这自然是在发明农耕以后很久很久的事情了。这时候依然是女人掌权,可见在以前自然是女人的天下了。后世传说后土祠的神是共工的儿子句龙,自然是个男人。再后来,后土和社神不分,成了土地庙。土地庙里的土地爷是个和蔼可亲的白胡子小老头。这神仙到处都有,孙悟空走到哪里要打听什么事情总是先找土地爷。大概他除了应付孙悟空,成年没事干。爱开玩笑的四川人过年时给土地庙贴幅春联:"喂,谁在放炮? 噢,又要过年。"好像他成年都在睡觉。事实在上古,他是个管理土地资源的官员。土地私有以后,他的事情越来越少了。土地原本天有,谁种属谁,后来公侯强占,号称"公有"。但是土地私有却是个总趋势,不仅土地,一切财产原本都是私有,私有制也是今后的总趋势。这是不可抗拒的。

　　有了农耕,才有定居;有了定居,才有建筑。以前跑来跑去的人群，现在才安定下来。安定下来，有吃有住，才有了文化和文化生活。这就是审美以及美的制作，发展为礼乐，也就是文明。文明产生于农业。

七十八

矛盾和悖论随处皆是,多半发生在人自身,只是不自觉罢了,于是许多可笑的事情就发生了,让人忍俊不禁。

批孔批了一百年,头晕脑涨,找不到北,致使人们对旧礼教以及传统文化产生了一种极度的厌恶。先进人物们把愚忠愚孝,替圣人立言,为尊者讳等等这些东西当作非法,当作罪恶,批个一无是处,骂得狗血淋头。最后怎么样?竟然在愚忠愚孝中不能自拔。

一个人揭发他爹,斗争他爹,是为了向上面表忠心。终其一生,都在愚忠愚孝中,然而却批判传统文化,厌恶传统文化,甚至想尽办法把他的这种高尚情操传给下一代,只可惜这种可贵品质不能遗传。所以,革命的东西传不下去。因为他们的这种高尚情操和可贵品质对于后代人来说,不可思议,不可理解,匪夷所思。所以,我一向认为他们的这种表现,从根本上说,就是虚伪的。我的老朋友中,也有几个极左的人。我仔细观察,没有一个是真的,都是假的,伪装的极左。他们的虚伪性随处可见。有人告诉我,是既得利益。也许吧。不过,也不一定,也许是"形势比人强"吧,也许。

理学家们讲良知良能,也就是良心。若让我说,就是初心,也就是本心。二十世纪一百年间,所谓血与火的战争,血与火的洗礼,凤凰涅槃,在烈火中求得新生,有些人炼就了铁石心肠,这才能挺过来,就这么挺过来了。我很理解他们。他们去世了,我很想念他们。他们未能把我改造好……我自己也很奇怪,我怎么就不能变成同他们一样的呢?我自己也很奇怪,我应该表现好一点,可是,竟然没有。我对自己的一生，有许多的惋惜，有许多的遗憾，假若我是一只凤凰，却未能在烈火中新生，我也挺过来了，却未能新生，这不是很遗憾吗？

七十九

在小学的语文课本这里,实在说来是存在着一场历史的较量。

自从一九〇五年废科举兴学校之后,已经一百年了。全国许多大学都过了自己的百年校庆。科举制度下,私塾之中一律都是三字经、百家姓、千字文等等。这些东西已经通行了一千多年了,老掉牙了。

一九一一年辛亥革命成功,国民政府成立,不久就提倡白话语文,于是小学语文课本一编再编,一改再改,八十年来无一善者。也就是说,无一能与三字经、千字文相提并论者。倒是改成了老百姓口边的话。没有想到的是,老百姓并不欣赏自己口边的话,老百姓希望自己的儿孙能够通达事理,所谓知书识礼。其实白话用不着教育,也用不着推行。白话语文更用不着这么大费周章,这都是白费劲。

过了一百年,人们才看到了从前小学课本的优越性。"人之初,性本善……""天地玄黄,宇宙洪荒……"硬改成"来来来,上学去……""喔喔喔,公鸡叫……"更有甚者,课文"人老了,自然有胡须了"。孩子们大喊着:"老了子,有胡须了!"这是怎么啦!? 有病吗? 是,是有病,这就叫时代病。

从国家、民族来说,整体上的一种迷误,多年不得觉悟,不能自拔,这就叫时代病。不知何为时代病,只缘身在此病中。

八十

有一天夜里，我忽然想起，曾经对我残酷斗争无情打击的那些"同志们"，我自问，我算什么？一个老百姓而已，一个狼牙山里出来的农村青年而已。不过，我又是一个参加过三个战争(抗日战争、解放战争、抗美援朝)的农民的儿子，一个挨了三十年整，读了三十年书的革命青年。三十年前，我敢于蔑视他们，三十年后，我就是再谦虚，又能怎么样。我应该长啸一声，或者狂歌一曲，我想哭，又想笑，后来又一想，我用不着装疯卖傻。我对周围的事物，是一层一层地逐渐认识的。历史对我是如此地优厚，使我有充分的时间一次再一次地，一层又一层地仔仔细细地体味它，认识它。我感谢中国历史的迟缓和滞后，我是一步一步地走过来，又一步一步地思考过去。谁像我。刘绍先政委曾经当众对我说："林鹏呀，谁像你！"

原某基地的政委刘绍先，是解放战争时期我们的团政委，朝鲜战争期间的政治部主任和师政委。1985 年被免职后，特来太原看我，我们曾经有过愉快的谈话……到九十年代，他对北京的老战友们说："林鹏再来北京，让他一定到我家来，我有话对他说。"后来我到了北京，几位老战友对我说了这话。于是他们便陪我去见刘政委。我说："刘政委，听说您有话对我说，说吧。"他说："最近看了你的书，我觉得，你应该感谢你挨的那些整。你挨了整，受了委屈，但是你读了书，并且写了书。林鹏啊，谁像你。和你差不多的，一发子的人多了，谁像你……"我回答说："是，我一直都是很感谢的。如果他们那时候枪毙了我，就没有后面这些事了……"大家笑着。这是1997 年的事情。

八十一

历史总是这样,"胜者王侯,败者贼"。总是这样就应该吗?不对吧。总应该讲点道德,道德是文化的基石。如果一个社会,一个群体,不讲道德,这就不好说了。胜者王侯败者贼,这就促使人们为强者说话,为不择手段的胜利者说话,为当权的"圣人立言",也就是为野心家说话,等等,等等,其害无穷。经常是以成败论英雄,我却以为应该"不论成败以千秋"。对历史人物,尤其应该注意此点。最重要的就是秦始皇,与其相关者就是荆轲。谁是谁非,这里面有政治立场,也有道德问题。若说政治不讲道德,这就不好说了。这实际上,就是用不着谈什么是非,什么善恶等问题了,这就等于取消了自己谈论历史的资格了。

秦国用客士而强,六国用亲戚而弱。这形势谁都清楚。秦国的客士都是法家,它不可能用儒家。荀子说,"秦无儒",至少在朝中掌权的人中没有儒者。儒者们留在哪里?留在六国,这就是无权无势的士人们。六国贵族们软弱之极,一提秦国,谈虎变色。士人们却不惧秦,视秦为"虎狼之国"。于是就出了一个宁肯蹈海而死也不肯承认秦有资格称帝的隐士,他叫鲁仲连。有人说,鲁仲连暗中铸了一个铁椎留给后世,这就是张良博浪沙大椎一击的那个椎。(清人王昙诗《留侯祠》:"鲁连不忍秦皇帝,密铸亡秦一柄椎。"注曰:"沧海君即鲁仲连。")

荆轲是在秦始皇称帝之前刺秦的,张良是在秦始皇称帝之后刺秦的。说什么反历史潮流而动,那潮流不过就是权势而已。张良是什么人物,后人谁能比张良水平更高,谁敢说这话。这个时间,士人中儒法两家早已分道扬镳了,那真是泾渭分明啊。法家早已臭得狗屎不如。七十年代的尊法反儒是必然的,儒法是对立的,这就是士人文化与帝王文化的对立。光讲统一不行,统一以后的政策最为重要。

传说的孔子的诗歌,"天下如一欲何之"(《家语》)。这就是说,天下就是统一了,又怎么样? 所以光知道瞎吹天下统一是不妥的,"欲何之",往哪儿去! 秦始皇、隋炀帝都知道统一,都不顶用,吹不吹不吃紧。说是为了和平而统一,那只是一个说法,一句空话。事实与空话正好相反,秦始皇统一后,战争连年不断。没有战争,他可以发动战争。南征百越,北伐匈奴。南征百越是利越之犀角珠玉,北伐匈奴是听了术士的预言:"亡秦者胡",都是为了自己,为了个人的私利。说的那些冠冕堂皇的话,什么六王削平,天下大安,哪有大安,战争不断,口赋箕敛,税赋重于统一前十倍,人口锐减……饿死人无数,战死人无数……全国人口减少百分之二十以上。这些史书中有明文,后人不好赖账哟。

司马迁把《伯夷列传》放在七十列传之首,盖有深意焉。伯夷唱道:"以暴易暴,不知其非兮……唐虞已远,吾将安归……"武王开了以暴易暴的头,后世益发不可收拾,这就到了荆轲刺秦。我们就说荆轲只是为替燕丹报仇亦可,就是说他是反暴政,亦无不可。难道秦不是暴政吗?六国士人反秦不是反暴政吗?后来居然发生了焚书坑儒,不正是证明了六国士人的看法是对的吗?硬说秦始皇焚书没有焚多少,坑儒没有坑多少,汉朝人普遍认为"秦焚书六经绝"。不能说汉朝人说的都是瞎话。汉惠帝四年除挟书律(挟,藏也)。现在的六经,都是汉朝人从民间挖掘出来的。秦朝统一后时间很短,只有十五年,老人们还活着,旧典还有个别收藏。这就是当时的历史情况。如果秦始皇的理想实现,一世、二世以至万世,中国人还能到哪里找《十三经》呢！历史学中没有"如果"二字，这大概是对的。

　　要说荆轲是小丑（七十年代批林批孔中的用词），张良也是小丑吗？敢说张良是小丑的人，不是小丑是什么？仔细想想吧，替圣人立言，为尊者讳，这只是后世小丑（小人儒）们为了吃饭，不得已而为之。这不长人，不长人可以，别丢人。掌权人，统治者，前头说了话，后头不算数，丢了人，可以不认账。这是因为大权在握，谁敢揭他的老底。文化人就不同了。白纸黑字印在报刊书籍里，还怕没人记得……同"胜者王侯败者贼"的话一样的，还有一句话："恶有恶报，善有善报；不是不报，时候不到。"

　　（《伯夷列传》其辞曰："登彼西山兮，采其薇矣。以暴易暴兮，不知其非矣。神农虞夏，忽焉没兮，我安适归矣？于嗟徂兮，命之衰矣。"遂饿死于首阳山。由此观之，怨邪非邪？林洁注。）

八十二

《中庸》曰："君子之道费而隐。"注曰："费,用之广也,隐,体之微也。"关于体用关系,说它不清。张之洞曰："中体西用";李泽厚说"西体中用"。春兰秋菊,各极一时之盛。究竟体是什么,用是什么,要细说,体即用也,用即体也,没完没了。看来同义反复,也是老话了,老太太的被窝,盖有年矣。

假若我们离开文本,抛弃空洞的概念,不要学西方哲人,例如黑格尔,搞些概念魔方,两只脚落在地上来,也就是回到生活中,回到人类丰富多彩的实践中来,那么,所谓中西,不过就是学术而已。张之洞的意思是,中学为体,即以中国传统学术,四书五经之类以及仁义道德等等,这些东西十分重要,应该把这些东西作为本体立起来,然后学习西方的科学技术,来丰富自己,提高自己,以富国强兵,如此而已。这实际是当时人们以及后世人们的唯一可行的作法,再没有第二种可能性。但是激进的人们认为,张之洞是在捍卫封建礼教,这是有害的,不接受他的主张,说中体西用是不对的,是反动的,等等。其意在打倒封建专制,学习西方民主。中国从辛亥革命、1949 年的人民民主革命, 以及到无产阶级文化大革命以后,也就是张之洞死后八十年,李泽厚作为马克思主义哲学家,提出了新的与张之洞完全相反的提法,西体中用。这就是,到了李泽厚这里,西学已经成了中国的体。

八十三

1978年,吾在"班"中,自命"班里鹏"。班里鹏无事,闲来翻书,在《马恩全集》第十九卷的第 239 页,页码边上批道:"国营并不是社会主义。"所谓"计划经济"的计划,都是"拍脑袋的计划"(当时的称呼)。

试想一个资本家(他们多半都是从前的贵族),开了一座矿山,首先遇到的难题是战争,他不能背上矿山跑掉吧?第二就是土匪(包括绑匪),三天两头找麻烦,都是要现金,稍不如意,人死财空,不得已,必须请警察来,甚至请求派军队来,警察和军队属于国家(政府),最不好伺候,比应付土匪一点也不省钱。第三,最难缠,工人罢工,闹事(出点小事就闹起来,非闹到大而又大,不可开交才罢休),遇上这类事情,又得请警察,请军队,甚至请法院帮忙……当个资本家,难矣哉。当然,把政权(政府、军队、警察、法庭)掌握在自己手里,事情就好办了,这种高度集中的寡头政治的伟大理想,资本家做不到。

到后来,科技的发展,国际贸易的发展,部门越来越多,机构越来越庞大,一个不够,十而百,百而千,国家养着上千万的坐办公室的人,结果是效率越来越低,运转不灵,一遇情况(大者如国际政治和国际贸易的新情况,小者就如出个事故……)麻木不仁,近乎瘫痪……一个人办事,当机立断,两个人就得商量,三个人就得开会,五个人就是一个机构,十个人的单位就得成立一个党组或党委,还得有个秘书长,设个办公厅,国家再派个监督机构,没完没了。再小的事儿，也是个事儿，总得有人干，可是，发展到最后，大事小事没有人干。因为各种立法，各种章程，各种程序……互相抵触，互相纠缠，如入盘丝洞里，如堕五里雾中，如梦如醒，如醉如痴……没法儿。坐办公室的人，不善于办事，却善于打麻缠，你敢跟他缠，三年五年，缠不完。

最后一点，最为重要，这就是第二次世界大战之后，非常难得地出现了长期持久的世界和平，想发动战争都很难，这就使纯粹经济问题一下子变成了纯粹政治问题，甚至变成了道德问题。国有国营以及所谓的"计划经济"都不如私有制的好办事，大企业不如小企业好办事。随便一个家庭小企业，都敢跟国营大企业叫板。

谁都想走回头路，但是历史没有回头路。进入二十一世纪之后，一片声的喊"回归"。儒家说"回归"三代，道家说回归自然，原来的假洋鬼子们高喊回归"五四"，有头脑的和没头脑的都喊回归到启蒙时代……不知道说的究竟是什么。

八十四

唐德刚的"瓶颈"理论，似乎也没有什么错，不过，一张嘴就是二百年，这就有点玄。他又说，历史就是在偶然和必然的交互作用之下形成的。这就有点玄之又玄了。

我左思右想，关于瓶颈，有点宿命的意思。是有瓶颈，但是它有多长时间，这就不好说。凡事都有卡壳的时候，卡住了，怎么办？等着？等它不卡了再说，它要一直卡着呢？干瞪眼？这就是二百年。

唐德刚大概也有话说，那你采取个有效措施，让它不卡住。我没有措施，更没法采取……那就只好等待，那就等待吧，干瞪眼是瞪眼，湿瞪眼也是瞪眼……瞪着吧，等着吧……

哪里是正道，哪里是弯路，事情过后，历史学家应该把它说出来，说错了没关系，不能不说。道路永远是曲折的，而人的视线永远是直的。任何事件都是可以避免的，尤其巨大的民族牺牲。这需要智慧，大智慧，比如尧舜，比如文王、周公，比如孔孟……

中国为什么出个秦始皇，不能不出吗？出了就不能动了吗？可是，谁来动？怎么动？没有办法了，这就来了宿命论，唉！该着，或说活该！或说报应，或说老天爷就是这么安排的，等等，等等。黑格尔来了，凡是存在的就是合理的（黑格尔的原话是神圣的）。

恩格斯在论拿破仑的时候，越说越糊涂，令人费解，不就是一句话嘛，凡是存在的就是合理的。究其实，凡是存在的，多半是不合理的。不然，要革命何用？要政治何用？要政治家何用？要历史学家何用？秦始皇在时，没人敢动他一根毫毛，只好等待他自然死亡，死了怎么样？还是动不得，这就是"瓶颈"？这能叫"瓶颈"？这种理论，这是理论吗？

"马勃牛溲一神庙，尘羹土饭大锅粥。"二十世纪所谓学术不过如此而已。

八十五

有一次，谈到我的《咸阳宫》说，在陕西，人们不喜欢。我问为什么，回答说，你说陕西人"排外"，陕西人不高兴。这使我想起一件往事。有一个书法界的前辈对张先生说，你们山西不要再宣传傅山了，不利于民族团结。我一时想不通，这怎么会妨碍民族团结呢？难道此人能代表清朝皇帝吗？后来一想，大概是能代表，为什么？我说秦国排外，两千年后，现在的陕西人依然不高兴，这不就是能代表吗？然而又一想，也许个别人吧，也许不是个别人。后来想通了，随他去吧。

目前的大国，谁也做不到"纯"。然而，《孟子》说"霸必大国"。于是历史的趋势就要求建立大国。(二十世纪初，欧洲一片声地叫喊，小国就应该是无条件地并入大国，英国人叫得最凶，萧伯纳。)建了大国，再要求"纯"，这就不好说了。建了大党，而要求"纯"，必然走向灭亡。同样，建了大国而要求"纯"，也必然是走向灭亡。有鉴于此，历朝历代都讲究科举。讲科举就是各级官员由中央派遣。如果听当地群众的，他必然选举本地人，他不知道外地有人，不认识，不了解，他怎么选。天外有天，山外有山，光说，不真懂。所以只要听从当地群众，那就可能产生分散主义、分离主义、分裂主义……这是必得的病，并且是死症，无药可医，不信你就试试。旧时的封建王朝决不让你试，甭想。

记得笔记小说里有一则故事，说朝廷派了一名知县，去云贵川交界的深山小县上任。先是坐马车，后骑马，骑驴，后坐滑竿，后由人背着,匍匐岩间,攀藤而上,最后终于到了任所。见县衙后院有两个坟丘,问是什么人,竟然埋葬于县衙,回答说,是前两任的知县……那种惨状,叫人哭笑不得。

一种政策,再好的政策,也有它的负面影响。所以,古人们一直在寻找最好的政策,哪儿有! 一个大国,是一盘散沙,不顶用,一样挨欺侮,所以,郁达夫有诗句:"悲歌痛哭终何补,义士纷纷说帝秦。"既然没有一劳永逸的好政策,那就应该变通,及时地变通。穷则思变,变则通。所以孔子曰:"宽以济猛,猛以济宽,政是以和。"(《左传》)

济就是渡过,总得渡过去呀! 因为排外,就不过去了吗? 不行吧。有名的医生扁鹊死于秦,不能说秦国不排外。扁鹊周游列国而死于秦,这个事实令人深省。还有什么说的? 排外好吗? 不排外不可能吗? 不是吧。假若不排外,就不可能因此不让提排外二字,假若真是排外,不能说没法解决吧。

山外有山,天外有天。不是光说,要真懂。古有游学四方,现在有高考,可以到山外看看,多跑跑,多看看,可以解决夜郎之难题也。

八十六

有一次，收拾衣箱，在箱底里发现一个给小孩子补袜子的袜板，小孩子们都不认识这是什么东西，我才解释。从前的一个妇女，有几个孩子，光袜子就补不过来，穿两天就破，破了补，补了破……我想起，只有中国妇女会做鞋。我在边区革命中学时，有个老师，叫徐敬之，他操河南口音说，"造鞋如打车"。做鞋说造鞋，足见其难；造车说打车，足见其郑重。外国妇女不会做鞋，至少中国周边的各国，他们的妇女不会做鞋，做鞋是男人的专业。

中国妇女伟大之极。所有文学作品，影视作品，只要是革命战争题材，妇女们都是忙着做军鞋。几十万，最后是几百万军队，他们的鞋子都是中国农村的妇女们做的。年幼的八路军小战士，领到一双鞋比他的脚大，就在后跟上缝起来，形成一个鼻子。我就穿过这种带鼻子的鞋。她们无一不是农村的小脚女人，或说小脚老太太们的作品。至少说，绝大部分是她们的作品。她们生养了广大的革命战士，又用她们的双手，支援了革命战争。她们是中国革命的母亲。现代年轻人谁还知道这些往事。见了小袜板，都不认识了，也难怪。

1941年秋后，反扫荡结束，革命中学来了通知，让我明天报到。我母亲便马上给我做鞋。晚上，我打着麻秆的火，我母亲一针一针地做鞋，这情形如今历历在目……我背着我的新鞋子，到了岭东村，革命中学驻址。一位女同学看见了我的新鞋，拿在手上惊叹道："多好的一双小鞋，像小棺材一样。"后来我才知道，"像小棺材一样"这话，是特来形容小孩子的新鞋的。这位女同学姓陈，后来当区干部，不久牺牲了，她死在日本鬼子的军刀下。

八十七

近年来，"皇帝热"，影视剧里再没有一个坏皇帝。其实，当皇帝的多半都是盲目的，似乎什么都不知道，尤其不了解中国历史和中国社会。

只说一个朱元璋，居然反对孟子，企图把孟子驱逐出文庙，未能得逞，后来又妄图修改《孟子》书。他修改《孟子》书的情况，《容肇祖集》有详细论述。朱元璋甚至写了一首诗，用以批驳《孟子》，诗曰："邻家哪得许多鸡，乞丐如何有两妻。当时尚有周天子，何必纷纷说魏齐。"（见林纾《畏庐琐纪》）所谓偷鸡，只是孟子的一个比喻，无知到此种程度。乞丐有两妻说的是齐人有一妻一妾的故事。第一，朱元璋不了解这齐人是一个士，他完全不了解士是什么；再者，朱元璋也不了解明朝的社会情况。《金瓶梅词话》第七回写道："街上乞食的，携男挎女，也牵扯着三四个妻小。"

中国的社会和历史确实同别国不同，不可同日而语。外国也有乞丐，却没有士。中国的士，上可取卿相，下可在陋巷，甚至沦为乞丐，也是时而有之。若讲阶级斗争理论，搞不清，什么生产资料的占有等等……孟子曰，无恒产而有恒心者唯士也。朱元璋当过乞丐，却不知道中国乞丐的特性。朱元璋应该知道，却不知道，惜哉！

朱元璋可谓"三无"，无知无能无耻，"三无牌"无疑也。但是，一样当皇帝，稳坐龙床，概不自疑。

他的一家子朱熹曾经说出一个历史秘密，这就是自从有了皇帝以后，历朝历代的统治者就再也不想放弃这个伟大称号了（详见

《朱子语类辑要》)。秦始皇开了一个很坏的头,虽然坏,既然有人开了头,便没有理由不坏下去。这就是中国的历史,中国的帝王史。这就是伯克所谓的"精神轮回"。历朝历代的皇帝们,都想方设法利用儒家的学说,搞一些外儒内道的所谓诈道,都搞不成,露了馅。近代尤其如此。他们同儒家学说格格不入。儒家主张反诸身,求诸己,克己复礼为仁,仁者人也,杀一不辜而得天下不为也……他们永远也做不到。这就使士人有了把柄,拼命地坚持儒家的那一套,把《十三经》奉为经典,吹得天花乱坠,统治者也没法儿。

中国历史上出现了外国历史中绝对没有的情况,士人文化和帝王文化强烈地对立着,对抗着,僵持着,时好时坏,时起时伏,有时相让,有时不让,该杀头时尽管杀,该顶的时候尽力顶。所谓立殿陛之下与天子争是非,所谓廷争面折。从《吕氏春秋》开始,到黄宗羲,到近世,"天下者天下人之天下也……"你怎么说,没说的,朱元璋也没说的,虽然出现了经久不衰的"皇帝热",依然没说的。天下是谁的?外国古代从来没有这么明确的理论,即使有也不敢坚持。

八十八

龙居的回忆,是我多年来萦绕胸怀的一个最重要的回忆。这虽是六十多年前的事情,却是近三十年来,不断和老同学,老战友们一再谈论的事情。

1943年冬天,在龙居村,在边区师范的课堂上,我提了一个冒失的问题,引起轩然大波……我为我的冒失付出沉重的代价。和我同年岁的相比,他们比我小几个月,他们都入党了,我却晚了一年,1944年才入党。

我原在晋察冀边区第三革命中学学习,因为精兵简政,三中取消,转至二中,后来边区实行第四次精兵简政,二中也取消了,年岁大的分配工作,年岁小的转入边区师范。这样一来,有一门课程,社会发展史,我们就学了三次。所谓社会发展史,也就是五种社会形态,原始共产社会,奴隶社会,封建社会,资本主义社会和共产主义社会(它的第一阶段叫做社会主义社会)。我的问题是,每一种社会形态都是从发生、发展到崩溃,这是规律。怎么共产主义没有发生发展和崩溃的规律呢?这个问题,当堂的老师,他姓刘,听后震惊不已,他支支吾吾说了一通,就下课了。后来每个老师,包括校长都就这个问题讲了大课,一讲就是两个多钟头,然后,似乎还不能就此罢休,专署的教育局长,他姓袁,是个有名的演说家,至少他想当演说家,他来给我们学校发表演说,呜里哇啦,直讲了三个多钟头。这还不算完,地委的宣传部长,这个人我记得清楚,他叫白文志,也就这个题目来给我们作报告。他报告时,地委和专署的机关干部都来师范学校听他的报告，在龙居村的一个打谷场上，坐了一大片人。因为他们讲的内容，都不外是坚定共产主义信念一类的，早已听惯了的宣传鼓动，所以我有点精神不集中，同身边的同学说话来着。后来在小组会上，我受到我的同学王清信的严厉批评。王清信是我最好的同学，那天跟我急了，他说：

"这几天，停止别的课，专听大报告，你知道是为什么吗？就是因为你在课堂上提的那个草蛋问题。你说你提这种问题干什么，这不是没事找事吗？你提的草蛋问题，做大报告你倒不听。这是给你做的报告，你不听，精神不集中，跟人说话，你是怎么搞的，你太不自觉了……"

他发这么大的火，我感到非常意外。可是，我很快就清醒了，坏了！我惹了祸了。其实，当时在打谷场听报告时说话的人很多，不光我，可我是祸端哪，我只好检讨，我极力表白，我提那个问题，也是偶然想到，没有什么想法，更不是什么对共产主义没有信心等等，等等。极力表白……

这件事情过后，我极力装傻，装作有口无心的样子，仿佛没事人儿似的。我给人们的印象就是有点傻，也就是有口无心。虽然晚了一年，我入党还是很顺利的。我受了制，我怎么能忘了呢？我后来也惹过一些祸，祸从口出，挨了许多整……批判我的时候，同志们总是说，党组织对你是关怀备至的，是恨铁不成钢。我承认他们说的都是实话……老实说，我后来认真钻研马列主义，正是真心想成为他们说的精钢。我体会到，我越是努力，我距离他们说的越远，我所达到的根本不是我的目的。我在他们看来是一个失败者，我认了。

后来我才发现，我们在革命中学学习的是苏联教授，叫列昂节夫的编著的一个小册子，《社会发展简史》。这个小册子后来编在延安解放社的"干部必读"中。这一套"干部必读"到解放初期(五十年代）还在不停地出版发行。这个小册子完全是按《联共党史》第四章第二节编著的。《联共党史》是三十年代中期出版的，莫斯科外文书籍出版局出版的中文本，《联共（布）党史教程》是一九三八年出版的。此后不久列昂节夫的《社会发展简史》的中文本也就出版了。

我们在根据地革命中学的学生，看不到正式的出版物，看到的只是油印的讲义而已。多年以后，我在旧书摊上看到这套"干部必读"，以及其中的《社会发展简史》，我真是激动不已，仿佛他乡遇故知一般。这是激发我认真读书的起点，我的惹祸根由呀。我后来对历史有说不出的强烈兴趣，也是从这里开始的。

我一见到诸如历史学、历史哲学、中国史、世界史、文学史、政治史、思想史、学术史，不管是什么史，见了就买，买了就看。人家说我是饥不择食，我承认，是这样。但是我接受教训，决不再检讨。你只要是检讨，没完没了……再后来，挨整三十年，读书三十年。老实说能够坚持下来的，真正持之以恒的，不多。我坚持下来了。这是因为我虽然挨整，并没有整到判刑劳改的程度，虽然正连级入伍副连级转业，总还有个副连级别在，挣钱少吧也没饿死。我还有坚持下去的物质条件。在这种情况下我不坚持，谁坚持？舍我其谁。挨整的人多了，能看书的人极少。我完全是自觉地读书。人家说我是书呆子，我也认了。

在中国的古典学说中，例如公羊学的"张三世"、"继三统"的一套说法中，也能引出一种社会发展史观来。比如南海圣人康有为就是服膺这一类陈旧的学说，并由此产生了他的变法理论。只是在变法失败以后，他去日本，转而到欧洲，周游列国，接受了基督教的教义，以及傅立叶等在内的一些所谓理念，最终形成了他的《大同书》。这就是中国的乌托邦。

正像中国古代的典籍《十三经》中，包含着许多社会主义的伟大思想一样，西方的古典学术中，例如基督教的教义中，也同样包涵着许多社会主义的思想内容,这就是关于人,爱人,尊重人,政治平等,财富平均,关注下层人,救援老弱孤独者等等的思想……而这些社会主义的内容都是在私有制的前提下展开的。

在古代典籍中没有公有制的内容,也从来没有人把古代的例如"世界大同""天下为公"等等东西理解为公有制,理解为消灭私有财产。有关公有制的谈论,多半只是存在于文人的想象之中,也就是师友漫谈和后世的咖啡馆的辩论中。这就是"乌托邦"。把这种教义极度复杂化,或叫做科学化的是真正的天才,这就是马克思和恩格斯,他们都是黑格尔的学生,并且是达尔文和尼采的同学。

假若你看一个人,总是看不准他,你就转而观察他的朋友或同学,于是你就会觉得简直就是一目了然。你发现的东西,总是令你惊异不已,这就是十分龌龊而且非常黑暗的灵魂。我指的是黑格尔、达尔文和尼采。所以我一向就坚持所谓学术归根结底是心术而已,把一种观点和方法极度复杂化的是天才,同样把一种观点和方法极度简单化也是天才,这就是列昂节夫一类了。

我是一个笨人,我花了几十年的功夫,才把别人一眼就看穿的事情看透。我叹道:"天下大道多歧路,迷途知返时已暮。白首一言公无渡,公无渡,公无渡,枯鱼过河泣谁诉。"我的这首短诗,前几年就发表了,至于此中真实的内容,我却一直没有透露过。

我不但是个笨人,而且是个傻子,客气点说,充满了傻气。别人不敢说的我敢说,别人不敢想的我敢想。于是我惹的祸最多,我受的罪也不少。人生在世,平平安安的多好,可是后悔已经来不及了。

枯鱼就是死鱼,死鱼是不会哭的,会哭的是人。人在事后不禁不由地落下泪来,在旁人看来简直莫明其妙。我抱头痛哭的事,也有过,深夜哭醒的事也有过,那已经是许多年以前的事了。

现在老了,看见什么都不再惊奇了。

八十九

"有文化的民族,是不好对付的。"

布罗代尔著《十五世纪到十八世纪的物质文明,经济和资本主义》第一卷第 117 页。他又说,"有文化的半文明的民族,绝不是好对付的","他们最终都会卷土重来!"他在谈到中国历史时,也说过类似的话。这是一个非常有趣的理论,并且是一个更加有趣的现实。

我在页码边上批道:"五百年来,帝国主义向外扩张,没有灭亡一个有文化的民族,更不要说文化很高的民族了。胡适说中国不亡实无天理。恐怕胡适不大了解天理。那些轻视文化的人们可以猛醒了。"

九十

有一次同朋友闲谈，谈到中日关系，朋友引用了郭沫若的用词，"一衣带水"……我想，像郭沫若这样的人，也有用词不当的时候，一笑。于是我就想到鲁迅、郭沫若他们从日本留学回来，穿着和服的照片，发表在报刊上，或印在他们的书里，那种得意神情着实令人难忘。大概在上世纪二十年代和三十年代，或者更早一些，人们至少也不以此为耻吧。当然，后来一直提倡中日友好，一张嘴就是"世世代代友好下去"，怎么会想到"羞耻"二字呢。不过我很注意日本友好人士的说话，他们从不说诸如"世世代代"之类的话。所以一提中日关系，我就只有沉思而已，"世世代代"是我们说了算吗？

去年中日学生代表座谈，日本学生发言，反复强调中国应该销毁核武器，又大声说，我们的核燃料多得很哪！等到中国学生发言时，中国学生问日本大学生毕业后好不好找工作。我记得人家没有作答。我还记得当中国领导人提出"以史为鉴"的时候，日本人提出你们才应该以史为鉴呀！我想"以史为鉴"这话没有什么具体内容，任何一种动物都会吸收自己的切身经验，这是本能。近来，这话也不怎么说了。

五百年来，中国沿海遭受倭寇的袭击劫掠，已经是罄竹难书了。中国遭受日本的侵略，不说也罢。日本的军队浩浩荡荡开进中国的领土，这也不是一次两次了。1937 年日军在南京实施首都屠城的同时，大日本皇军在北京故宫太和殿前举行了庄严的阅兵仪式……中国的军队却从来没有踏上日本的国土。这样说仿佛是日本的光荣。当然,如果以为这是光荣,只管光荣好了,没有人能奈何日本。

　　当有人宣传"小米加步枪,打走了日本鬼子"的时候,也有人提出异议,小米加步枪怎么能消灭日本的海军呢。日本当时有航空母舰二十艘呵!当然,偷袭珍珠港是错了,可是,仔细想一想,假若日本不同希特勒德国结盟,行不行?恐怕是不行吧。日本有可能进攻苏联,却不可能跟苏联结盟。英美可以同苏联结盟,日本却不能,因为有满洲的利益在。这里有点宿命,身不由己。所以当德国总理在波兰奥斯维辛的纪念碑前下跪的时候,全世界都感动了。德国有反思能力,而日本却不能。日本现在不能,将来也不能。日本之所以不能反思,原因不在日本,而在中国。这点道理非常简单,只是一般人解不开罢了。动物本能加宿命⋯⋯这就不好说了。

　　当美国人纪念二战胜利五十周年时,美国要展出那架投原子弹的 B–29 飞机,有人提出异议,克林顿只好取消这项展览。美国人这点好,能照顾到别人的感情。

　　有朋友对我说,对日本宽大为怀,不正是以德报怨吗?难道这是不对的吗?这没有说的吧。我说,孔子不这么认为。有人对孔子说,以德报怨如何?孔子说,"何以报德?"你以德报怨,又将以什么报德呢?反问得好。古今中外只有孔子具有如此强大的人格和如此斩截的语言。接着下面孔子说:"以直报怨,以德报德。"(《论语·宪问》)注释家们说,直就是值。我理解为杀人偿命,欠债还钱。当然,也有人说,大德不报,大恩不报,其实大怨也是没法报的。

　　有些所谓荣辱问题,许多人是不知道的。你就是告诉他,他也不知道。日本人喜欢宣扬大日本皇军在北京故宫太和殿前,举行阅兵式的事情,这是他们的"光荣"。老实说吧,西方国家(包括日本和俄罗斯)的博物馆里,堂而皇之地陈列着盗劫和掠夺来的珍宝,这是他们的"光荣"。然而在中国的博物馆里,却没有这类令人羞耻的赃物,这不能说是中国人的耻辱吧？没有一个中国人以此为耻。相比之下,中国人知耻。

高处有个"仁"字,低处有个"耻"字。中国人受列强欺侮的事多了,指不胜屈,言不胜道。但是,中国有这两个字,也就足以立于世界了。

九十一

关于仁,我的理解,仁者二人也;二人者夫妇也;夫妇者,异姓之好;异姓之好,亲戚也,众族百姓也就是天下万国也。以仁为己任,也可以写作以天下为己任,故而,仁者天下也,天下者仁也。周天子见诸侯,同姓一律称叔,异姓一律称舅。这就是周人的天下观,简言之仁也。

所谓国学者,儒学也,经学也,一言以蔽之,仁也。

认识自己,是向别人学习的基础。认识自己非常难,许多人一辈子也不认识自己,不是妄自尊大,就是妄自菲薄,两个极端,永远没有恰当的时候。认识自己,就是我是谁? 我从哪来? 谁生的? 谁养的? 祖宗是谁? 祖宗干过什么? 祖宗留下了什么? 这就是经与史。知道吗? 听说过吗? 自己看过这些经史没有? 看过一部或一篇吗? 懂吗? 懂多少? 有笔记吗? 有所得吗? 和外国人的各种理论著作比较过吗? 懂外文的可以翻翻原著,不懂外文,没关系,可以翻翻中文译本也行。这种学习或说研究,不是为了吃饭,不是为了名利,只是为了丰富自身。

孔子说:"古之学者为己,今之学者为人。"听说过吗? 会为己吗? 知道先为己,后为人的道理吗?

九十二

　　农业的发生发展大概已经一两万年以上了，自然中间分着许多阶段，这是可想而知的。井田制已是很古老的制度了，在它以前，还有制度或说习惯。

　　"子贡曰，古者黄帝四面，信乎？孔子曰，黄帝取合己者四人，使治四方，'不计而耦，不约而成'，此之谓四面。"(《太平御览》七十九卷引《尸子》)吾见此语于北京大学中国文学教研室选注的《先秦文学史参考资料》第10页，中华书局1962年初版。)查《百子全书》之《尸子》无此语，《太平御览》有。《太平御览》靠得住。

　　编选者注解道："(1)四面，长着四张脸。(2)不计而耦，即'不约而同'之意。指四人的步调一致，不必等黄帝考虑问题，他们四人都不约而同地把事情做好了。"

　　不约而成绝不是不约而同。'不计而耦，不约而成'，应该打上引号，这是一句古代成语、成词，或说古谚、古训。它和仁者无敌一样是古训。这种古代成语，或说古谚，是上古口耳相传的传下来的，此不可不知，不可不察也。许多古谚被埋没了，是因为后人不理解，不看重，马虎过去了，惜哉！

　　耦就是耕，耦耕。约，就是约定，后世叫契约，未耕以前已定下上交多少。计，就是计亩分田的计，"夏人五十而贡，殷人七十而助，周人百亩而彻"(《孟子》)，此之谓也。成就是收获，收成，其上交的部分也叫成，如提成。中国古代，上古，农业之初始，上交的是为了祭祖。"国之大事在祀与戎"(《左传》)，这就是指上交的部分的用途。这里所谓祀,祭祀,不是宗教,是祭祀山川之神和祖宗之鬼。每次祭祀都是一个节日, 一年中有许多节日, 是大家庭最快乐的时光,当然有许多花销。这时候,上交的部分不是交给什么公侯,而是交给父母,即家庭,或说部族。

至于"四面",译作"四张脸",我不知道究竟是什么意思,或者就是四方行政吧。我所注意的就是这个成语,"不计而耦, 不约而成"。它应该是在漫长的农业发展史中的一个重要阶段,即在发明"耦耕"以后,在井田制产生以前的一个重要阶段。井田制者,分田而耕的制度也。

农业产生于一两万年以前,在这漫长的农业史中,应该有许多不同的阶段,这"不计而耦,不约而成"的阶段非常重要,只有在中国古籍中,有这样的记载,可贵也。

农业的发展史:一、女人们的种植;二、耦耕,男人们参加了;三、"不计而耦,不约而成";四、井田制(从无公田到有公田,春秋变法取消公田;从谁种属谁,到"公有""王有",再到"耕者有其田"……),中国人在井田制下生活了四五千年。或者二、三本是一个阶段,非常漫长的阶段,恐怕有一万年。

九十三

　　我在常平公社时,后来住在曲村大队部,一天,发生了一个小故事。

　　曲村一个小姑娘,大概有十五六岁吧。她去山上看她姥姥,姥姥给了一点粮食,豆子,有十多斤吧。她新买的自行车,当地叫洋马,得意洋洋地走在路上。曲村西边有一段山石路,路旁是小树薄子。迎面碰上一个男人,三十来岁,看见她车后座上带着粮食,大喊一声,站住!山坡间的石子路,颇不平整,姑娘见人喊一歪,车就倒下了。姑娘心想,荒郊野外,这家伙要强奸我可怎么办?那人把姑娘的一只胳膊拧住,另一只手把车后座上捆粮食的小绳子解下来,把姑娘推入小树林,把她绑在一棵小树上。姑娘想,不像要强奸人的,坏了,我刚买的新洋马,完了,他要抢我的新洋马。只见那人把自行车推进树林,放在姑娘面前,咔登一声,把车子锁上,把钥匙塞到姑娘的裤兜里。那人说,姑娘,你别害怕,我只要你这点粮食。我是上有老,下有小,都饿着哩,没法子。他扛上那点粮食就走。又说,姑娘,一会听到路上有行人,就喊一声,让他们解开你,就回家吧……那人走了一截又回来了。姑娘想,坏了,他后悔了,我的洋马完了。只见那人从自己的口袋里掏出两元钱来,说,我实在没钱,只有这两块钱,给你放在口袋里,对不住呀,我走了。

　　这小姑娘,回到曲村见人就说,嘻嘻哈哈的,像得了便宜一样。

　　公社主任雷鸣知道了,把姑娘叫来,问怎么回事,姑娘就照直说了一遍。我当时在场,雷主任对那姑娘说,你听他的口音是咱们这一带的吗？姑娘说，是。雷主任说，明天我把全公社的二十到四十岁的男人都集合起来，你能认出他来吗？姑娘说，当然能。雷主任说，好，你先回吧。

我说，雷主任，你把这人找出来，你是要表扬他，还是要批评他？雷主任说，还能表扬？拦路抢劫，当然是批评，我把他抓起来……我说，以我看，这是个好人。人家说上有老下有小，这是个好人。姑娘怕强奸，没强奸，姑娘怕丢洋车，新洋马，没丢，还给了两块钱，我说，这是个好人，至少不是坏人。你现在把他找出来，拦路抢劫……现在困难，人们挨饿，等过几年这挨饿的事人们就忘了，可人们还记得他曾经拦路抢劫，这名声背一辈子，可背不起呀。雷主任笑了，说，你说的也是，是个好人。他说，你说怎么办？我说不查，也不处理，就当没这回事一样。他同意了。

后来，工作团回省来，在党校学习，一次说闲话，我说到这事。工作团的副团长杜杰说，啊呀林鹏呀，这么生动的事例，你怎么不汇报？我说，我怕汇报了，你要我查出此人，我怎么办，大家都笑了。

中国人，好人多，好统治。我坚信这一点。还到哪里去找这么好的人民啊，尤其农民。当时是当笑话说，后来每一次想起，不知为什么，我心里非常难过，我感到一种说不出的悲伤。

九十四

　　一说到隐士,许多人就嗤之以鼻。他们大多都是热衷的人,说隐士是"吃不到葡萄就说葡萄酸"。自然他们都是已经吃上葡萄的人了……可是,过了几年,再见到他们,他们就向你抱怨,官场如何黑暗,贿赂公行,任人唯亲,不讲理,昧良心……某某卑鄙,某某无耻之类的话,当初他们都是骂隐士,鄙薄隐士的人。我理解他们,他们都反对出世,主张入世,年轻气盛,想有所作为,十年二十年,闯荡下来,收获不多,教训不少,一腔热情不堪回首。这时候,他们终于看清了古代的所谓隐士,所谓渔樵对话,一杯浊酒……

　　俗语说:"欲知朝中事,深山问野人。"真正的有才有学有识的优秀士人,渐渐地都归入山林岩穴之中去了。他们不知朝中事的细节,却知道大势……不用细问,必然如此。何况,朝中的政策,最终会进入深山。山中的人,人人都会感知朝中的动向,还用问细节,一切都在可想而知之中。所以,隐士才是古代社会的基础,亦即四民之首的士们的基础,最广泛的基础。至于著名的隐士,入得高士传的隐士,凤毛麟角,一星半点,才有几人。

　　广大的隐士,就是识字的自耕农,就是耕读传家的那个群体……此读中国文化史者,不可不知也。他们不管谁掌权,他们只管薪尽火传,经书经学(不是什么经学史!)亦即儒学,儒学的根本精神。吾日三省吾身……如此而已。水至柔而至刚,载舟覆舟而已。这个群体(不是阶级……)最好统治,最难对付。是人就要吃饭,可地里不打粮食,你怎么办?你再能,揪着自己的头发上不了天。(顺便说一点，抗日时期有两出戏，在根据地唱得最多，《打渔杀家》和《武家坡》。萧恩和薛平贵都是典型的士人……)

隐士之为隐士，不臣天子，不友诸侯……高尚其事，不事王侯……上有老，下有小，士有不可逃脱之责任者，只得出为小吏，所谓斗食之吏，此所谓足以代耕耳。责任还有更大者，对国家、民族之责任也。不得已接受聘请，入朝为官，希求一展平生抱负，不负所学，有所作为，甚至挽狂澜于既倒。当然，也有做统治者之鹰犬者，做忠烈者，鞠躬尽瘁，死而后已。这种鹰犬，杀人不眨眼，积怨甚多，大都没有好下场。统治者需要这种人才，但是这种人才，在历史上是不多的，少而又少，不足为训。

这就是组成了广大的君子士的阵容。

看上去，也像个金字塔，其实，更像个山峦，山尖很小，山体甚大，其基础更像高原，你绝对感觉不出来，它是一座山。它就是一座山，一座大山，它就是昆仑……他们谦称布衣，这就是那种不敢言而敢怒的布衣，或叫做匹夫匹妇，无知无识的匹夫匹妇，不要忘记这就是顾炎武所说的"天下兴亡匹夫有责"的那个匹夫。

九十五

　　傅山有一首诗，头几句是："扬雄拟我愧非伦，况复无才撰美新。"大概是有人将他比作扬雄，他认为不伦不类，才作了此诗。扬雄生当西汉之末，东汉之初，正碰上一个王莽，所以写了《剧秦美新》的文章。史书说他是为了避祸，无可奈何。这是可以理解的，高压之下，怎敢不低头。方孝孺不低头，硬要管朱家门里的闲事，落了个夷十族的下场。所以，首先求得生存，然后再说别的。扬雄如果想不开，也来个夷十族，我们将看不到《法言》、《太玄》等等，岂不可惜。这就是死有轻于鸿毛或重于泰山的本来的意思。然而，过去我却不喜欢扬雄。以为扬雄故作艰深，班固造作简奥，十分讨厌。当然，后世的史学家们对《汉书》评价甚高。同《史记》相比，《汉书》比较重视经济的资料，使我们有可能窥见古代制度的端倪。而对于扬雄的艰深，却没有人替他开脱。有之，则只是一个汪荣宝，一九三三年出版了他的《法言义疏》。最近北京市中国书店影印了这部书，使我们得以浏览之。

　　我以为每个醉心于书画的人，都应该读读《法言》。因为，人们常说的"书心画也"出处就在《法言》。当然，若要说"应该读读"的书，那就太多了，岂止《法言》。一个人忙忙碌碌，一辈子也读不了几本书。《四书》要紧吧，也未必能读得下来，何况《法言》。马恩列斯毛，都"应该读读"吧。连同经典著作加在一起，差不多有一百本之多，恐怕那些号称理论权威的人，也未必能读遍。毛主席就承认没有读完(见八大二次会议讲话)。所以，这种事情也得想开点，认真不得。不然,搞得精疲力竭,反而一无所获。大概就是因为这种缘故,禅宗一跺脚,来个教外别传不立文字。你崇拜偶像,制造神灵,他来个打佛骂祖,去你娘的。

一千年来,文人们着迷禅宗,茶余饭后,谈禅论道,高深莫测,没完没了。大概也是事出有因吧。明显的造反,杀人放火,占山为王,这容易看得见。不明显的造反,谁也不注意,因为它碍不着任何人。其实也是一种造反,就是说,一种软绵绵的对抗,一种温和的蔑视,一种实实在在的觉醒。教你无可挑剔,奈何不得。《法言》就非常隐蔽,虽然佶倔傲牙,却是无可挑剔。它所包含的思想内容非常丰富,却是不露锋芒。所以,我觉得扬雄非常高明,值得一读。傅山不买账,大约是他以为扬雄并未面对异族的统治,所以他一笑置之。

扬雄说:"惟圣人得言之解,得书之体,白日以照之,江河以涤之,灏灏乎其莫之御也……故言心声也,书心画也。声画形,君子小人之见矣。声画者,君子小人之所以动情乎。"(卷八)你能够绝对不动情吗?除非你永远不张嘴,永远不下笔。一旦见诸言语,形诸笔墨,完了,都暴露出来了。

又说:"圣人矢口而成言,肆笔而成书。言可闻而不可殚,书可观而不可尽。"(卷十一)旧注:"矢,正也,放也;肆,正也,放也。"汪注曰:"矢口肆笔,犹云正口直笔,言不假思索也。"怎么样?你敢于正口直言放笔而书吗?不敢吗?是胆子小吗?这恐怕不是胆量的问题。扬雄说:"周之士也贵,秦之士也贱。周之士也肆,秦之士也拘。"(卷八)这个周,当然是指东周。无论尊法反儒地批孔家们怎么不遗余力地贬损周朝,吹捧秦朝,扬雄却推崇周朝,而给秦朝以严厉的批判。这种严厉的批判,在《法言》中随处可见。

在中国历史上,只有春秋战国时期,士人的社会地位最高,最自由,最放肆,也最为艰苦卓绝。当时诸子蜂起,百家争鸣,布衣遨游,说客遍天下,那局面不是二三子所能闯得开的。所以才值得扬雄这么推崇。正因为战国之士太放肆了,秦始皇便来了个焚书坑儒。

对于焚书坑儒,后世吵吵得很凶,其实才坑了四百六十余人。我不是嫌他坑的人还少,只是说没有坑的仍然还是多数。不过,他们心有余悸,如临深渊,如履薄冰,人人自危,朝不保夕,战栗之不暇,何遑于言书哉。当然,秦朝虽然时间极短,却也不乏志士仁人。隐者有商山四浩,淮阳一老,敢于造反的有荆轲、高渐离、张良,沛上刘邦、吴下项羽等等。不过这只是极少数的,绝大多数的士人就只有拘而又拘的份了。就是李斯其人,号称"仓鼠",居然有高官厚禄,也算是春风得意了,但仔细看他的言行,也够拘而又拘的了。我素不喜小篆,我总觉得它非常难学,极不容易学好,并且也从来未能普遍实行,究其原因,恐怕是其内心之中颇有不少拘而又拘的过吧。这都是显而易见的,我们也不必为贤者讳。

老百姓一辈子不言不语也不书,同样也过一辈子。士人又言又书,也未必能活两辈子。仔细想来,只是憋不住罢了。当然,扬雄也不是主张胡写乱画,胡说八道,他还有一些原则性方面的论述。他说:"书不经,非书也;言不经,非言也。言书不经,多多赘矣。"注:"动而愈伪"。(卷八)经即常,不经即不正经,不正常,不正道。注家以为,经即"六艺之科,孔子之术"。看来和儒家的经典是有些关系,所以无法脱离正心诚意的那一套的功夫。这就使人想起从前有关儒法斗争的那些聒噪。其实,孔子没后儒分八派。后来的诸子蜂起,各据一说,也只是在政治主张上有所不同而已。若说个人修养,对自我认识和完善,对个性的自由和尊严,等等,等等,几乎都是一样重视的。他们未必都渊源于非常具体的六艺之科,但却都在正心诚意上下过实实在在的功夫。这是毋庸置疑的。假若不在自身修养上下功夫,那就是"动而愈伪"了。没有真功夫,就是伪,伪而乱动,则愈见其伪了。"声画形,君子小人见矣。"见可以直接读为现,显了原形了。"言心声也,书心画也。"多么严肃,可不慎诸。

九十六

"读书破万卷，下笔如有神"，说的是写文章，其实写字也一样。这是为什么？它的道理有类于汤因比的隐退与复出。你白天上班工作，晚上读古书，只要能潜心深入，差不多就等于隐退。如果你不信，你可以试试。一段时间不写字，或极少写字，认真读书，等你再次拿起笔写字、写文章时，你自己就感觉到很不一样，至少傅山是这么做的。傅山是学王铎的，他的功力大不如王铎，但在他晚年创作了几件精品，大大超过了王铎，这是值得我们深思的。这关键恐怕就是读书。

至于读书的路子，我是先攻《说文》，然后再攻先秦诸子和《十三经》。我的老师就是这么对我讲的，我也是这么做的，三十年如一日。我是挨整三十年，读书三十年，宁肯绕远，不敢抄近。当然，剃头的使推子，一个师傅一个传授，你可以不信，但不可以不知道。宇宙有多大？十四亿光年……天下万事万物，复杂得很，不可尽知，亦不可完全不知，总该略知一二……

有一次，我在一个小组会上发言，说到孔子所说，古之学者为己，今之学者为人的话，有一个教授插话道："林老师，这为人里头也包括为人民服务。"我说，孟子也说过这事，孟子说，学以为人，教以为己。他不吭气了。他是吴晗的学生，大概吴晗忘了给他讲这些了。还有一次闲谈中，说到朱熹，在座的一位教授说："理学，唯心论。"我说，你看过朱熹的书没有？他说："我不看，我绝不看那种反动的东西。"我想笑，我说，你先看看，然后再下结论。至今我还记得那位教授慷慨激昂的样子……因为都同看书有关，所以一并记在这里，没有别的意思。

有一年到北京出差办事，北京人喜欢让人等着，忽然想起一句话："齐一变至鲁，鲁一变至道。"只知道出自《论语》，但不知在哪一篇，于是上街买了一部《四书章句集注》，闲着没事，从头看起，已经找到那句话了，依然看下去，三天三晚看完。因此我确信，三天时间，谁都能抽得出来。至于懂不懂，很难说，但总比不看强些。比如对马克思，有的人瞎吹全懂了，后来事实证明全不懂。中国古代经典，没有人敢吹全懂得。当你再次重读时，发现自己以前的理解错了，人正是在不断发现错误中前进的。

读书没有什么经验可谈，谈了对别人也没用，各人有各人的情况。我的青春献给了革命战争，到我转业，三十岁，大老粗一个，这才发愤读书。过去买书难，现在中国古典书籍都出全了。就说有关书画一类，多得很，《古今图书集成》一万卷，其中有关书画者八十四卷。《四库全书珍本初辑》一百册，其中《六艺之一录》十大册，足够你看的。都说"字外功"，其实一直在字内。

我真正喜欢读的书，是笔记小说，找这类书不难，有《笔记小说大观》和《说库》在，还有中华书局新近出的"学术笔记"和"史料笔记"。我一向是逮住什么看什么，不管好赖一本书看完再说。看这类书上瘾，不信你就试试，一试便知。

九十七

我是一个书法家,自然就有人常常问到学习书法的事,我的回答很简单,如下几条:

一、言必有出处,下笔必有出处。(张颔语)

二、写字一笔不像古人,即不成字。(傅山语)

三、没兴致不提笔,提笔就是临帖。

四、只学古人,不学今人。(今之名家,权势而已,不值得学。)

五、一条路走到黑。草书是个单独的路。

六、古之学者为己,今之学者为人。(孔子语)

七、人之患在好为人师。(孟子语)

书此自警。

九十八

　　梁寒冰长我十多岁，我以长辈待之。文革后期他被解放出来，安排在中科院历史所任书记。他对我说，林鹏，你到历史所来工作吧。我说，我一没学历，二没职称，我到历史所能干什么？相顾一笑而罢。

　　上世纪八十年代，梁寒冰、聂元素老两口每次来太原，必到寒舍，可以说无话不谈。梁寒冰要编一部中国古代史，叫阶级斗争史，我取笑说，你编一部阶级斗争史，我编一部儒法斗争史，说笑而已。后来有一次他问道，林鹏，你的儒法斗争史编得怎么样？我一下愣住了，老半天才醒悟过来，想起开过这么一个玩笑。七十年代的批林批孔对人们的影响太深了，抹不掉秦始皇的阴影。我说，我开玩笑。他说，儒法斗争是值得一写的。等等，等等，漫谈一气。

　　儒法斗争是值得一谈的。春秋五霸开创了霸业时代，甚至后来的吴越也是以霸业为政治目标。他们打的旗号或说口号，依然是对当时天子的周王朝的辅佐。到春秋末期，王道和霸道就分道扬镳了。士君子坚持王道，而当权的诸侯们为了自己的生存和发展，认为只有霸道才是出路。春秋诸侯竞相变法，只有变法才能称霸。而战国诸侯竞相称王，只有称王才能实行霸道。他们占住王道之名，而行霸道之实。可见此时王霸之间已经是水火不相容了。君子儒坚持王道，小人儒坚持霸道。商鞅变法使落后的秦国骤然强大起来，令人刮目相看。此时的秦国同秦穆公时的秦国相比，已经是一个全新的秦国了。此时的秦国已经坚决地走上了霸道之路。荀子说，"秦无儒"。秦国非常纯粹,它纯粹是法家的一套了。此时的山东六国已经是秦国的盘中之餐,俎上之肉了。不过,六国的士人也已经看清,秦国只是走上了死亡之路而已。所以山东六国的士人,都变成了坚决的反秦的战士。这就是战国末期儒法斗争的形势。儒家失势,法家得势,一时强弱,一目了然矣。

　　土地制度是一切经济制度的根本。在上古,也就是远古的原始社会,地广人稀,土地属于天有。谁种归谁,可以说是真正的私有制。这正是儒家所主张的"耕者有其田",自然而然地耕者有其田。后来是家天下,才有了公田,公田就是公侯们的私田。"夏后氏五十而贡,殷人七十而助,周人百亩而彻。"(《孟子》)虽然后世解释纷纭特甚,但是,贡是一定数量的田租,助是在公田中劳动,公田收获归公,私田不再收税,这是各家都认同的。春秋变法就是取消公田,改八夫一井为九夫一井。没有公田了,只在私田中收税,这实际上是变私田为公田,也就是都成了公侯们的私田了。这个账非常好算,谁知学者们只是在文本里打转转,一辈子也说不清,道不明,无可奈何。

　　从春秋后期到战国中期,也就是到孟子的时代,人们还在贡与助上打不定主意,朝令夕改,各行其是。孟子是主张助,也就是提成,叫做什一之税,他甚至说,"虽周亦助也"。实际上是拿周压人。虽然有孟子的坚决反对,田税制度却是坚决地走向固定数量的田租了。《吕氏春秋》也是主张固定数量的田租,并且主张年初就应该定下来,不再更改。"先定准值,民乃不惑"(见《吕氏春秋·孟春纪第一》)。而秦国上下根本不能接受这一套。秦从商鞅变法之后,采取的是一种变相的或说五花八门的彻法。"周人百亩而彻",完全是为了战争。公刘"彻田为粮",注家说行道为粮,可见是战争的军粮。"彻者彻也",全部拿走,连锅端。秦人接受了周的地盘,实行彻就有历史的渊源,再加上一切为了战争,也就有了现实的意义,谁能有

· 167 ·

什么可说。什么贡,什么助,什么十分之一,什么十分之二,等等这些问题,这些争论在秦国从来就没有发生过。在秦国,文化是非常落后的,而政治(统治之法)却是非常先进,秦孝公率先实行了郡县制,原因很简单,郡县也是为了战争。一切为了战争,"上古竞于道德,当今争于力气"。(《韩非子》)秦国只管强盛,六国只管衰弱,历史有什么话说。但是历史也不客气,死亡之路就是死亡之路,任你挑选任你走,往下走吧,这就是历史。最后历史证明,仁者无敌;仁者无敌就证明,不仁者有敌,有敌就必有一败。其奈历史何。

中国古代文化是士人的文化。大舜就是一个典型的士人,并且是一个自耕农。正是他开创了中国古代的礼乐文明。后来的伊尹、傅说、周公、吕尚、管仲、孔丘、孟轲、乐毅以及吕不韦,无非士也。

士们主张耕者有其田,天下者非一人之天下也,天下之天下也。他们主张人人平等,维护个人尊严,"虽负贩亦有尊也"。在政治上,他们主张继承古老的政治传统,明堂议政,辟雍选贤。他们主张尊重血缘关系,顺应人的善良本性,主张大道之行天下为公……这一切同后世的所谓社会福利(社会主义)的政治主张是完全相通的,主张在私有制下建立道德社会。凡此种种都同非常自私的王侯们的利益相冲突。自从有了皇帝以后,一家一姓的皇权高于一切,而士人们的思想意识是仁,帝王是不仁,针锋相对,水火不容。没有一个帝王不好大喜功,实际是劳民伤财。法家只知为帝王服务,为王先驱,先意承旨。没有一个儒者不反对劳民伤财,这就成了帝王的眼中钉。儒家讲究遇到问题,反诸身求诸已,而法家是帝王的代表,绝不敢反诸身求诸已。

史云,孔子卒,儒分八派,加上墨家、道家,杂七麻八,十家不止,号称百家。这不仅是儒家的阵容,这是整个士人群体的阵容。士人是四民之首。四民是士农工商,因为工商食官,可以除外。士和农界线不清,农人中的优秀青年人年都有推荐为士者,当然士也有退而耕诸野的,也就是变为农人的,此即隐士。这样就可以看出,士人这个庞大的群体,是整个古代社会的政治的基础,是统治者重要的依靠对象。

战国各国王侯及其重臣、贵胄都有养士的风气,比如四公子,养士多至三千。后来的合纵连横,都是为了统一中国。这正是士人们大显身手的好时光,李斯说,此乃布衣之秋也。这样我们就可以看清广大的士的阵容如下:

一、隐士,山林岩穴之士。"孔子死,原宪亡在草泽",他们不事王侯,高尚其事,不臣天子,不友诸侯;

二、处士,不为官,不主事,却敢于横议(横者逆也);

三、为了养家糊口。出为小吏,即使提拔起来,随时都准备挂冠而去;

四、平生抱负非凡,想有所建树,这些人都是想以自己的理想影响朝廷,使社会生活走上正道,也就是实行仁政,以仁为己任,就是王道,实现天下太平;

五、最后是法家之徒,追求个人前途,统治者好什么,他就来什么,多半是急功近利,好大喜功,严刑峻法,立竿见影之类。

这第五类是士人中的极少数,但是却是极容易得势的一类。历史上的所谓儒法斗争,就发生在这第四类士人和第五类士人之间。儒法斗争就是君子儒与小人儒的斗争。

学者们一向把儒家算作百家之一,其实错了。孔子有删定六经之功,六经是儒家的经典。战国时期诸子峰起,百家争鸣,各家各派都同六经有着渊源的关系。虽然如此,六经只属于传授六经的儒家,而不属于其它任何一家。也有学者把隐士算做道家,其实,原宪亡在草泽,那就是隐士,原宪却不是道家。前述的士人的一、二、三类,算做哪家都行,但在儒法斗争中,他们都是站在儒者一边的,这是不可否认的。从商鞅到王安石,变法都是以"复古"为托词的,只是旧瓶装新酒,换汤不换药,或说只是《庄子》所说狙公的"朝三暮四""朝四暮三"而已,目的只是急功近利罢了。

历史上所有的变法都是因为遇到了危机,都是治标不治本,都是一步一步加深矛盾,形同饮鸩止渴而已。历史上所有的变法,总括起来,都是将土地收归国有,把农民变为农奴,此所谓"普天之下莫非王土,率土之滨莫非王臣"。这一诗句,出自《诗经》,但不是后世所理解的意思。《孟子》早有解释,可是人们不予正视,王土、王臣居然成了天经地义,谁也莫可如何。

土地收归王有,号称国有。税收制度变为彻法,全部拿走,连锅端。秦是"口赋箕敛",最彻底的彻了。秦始皇只管战争,老百姓饿死他不管。要按社会形态说,只能算最残酷的奴隶制。这是杀鸡取蛋,竭泽而渔。在短期效用看起来,这对统治者是有利的,三年五年,小灾荒,十年八年,大灾荒,就贻害无穷了。所以统治者只要尚未亡国,他们最终都要把法家牺牲掉,就像曹操借粮官之头一样。然后请有儒家倾向的士人,或者干脆就请山中的高士出来收拾残局,说来话长,一言难尽。

虽然法家大多以身首异处告终,统治者却深深知道,只有法家才是真正的忠臣,是有用之才,而儒家的仁者无敌的仁政王道一类的说词,只是空泛的教条,迂远而阔于事情,不顶用,指不上,远水不解近渴。而法家这种甘愿做鹰犬的人,什么时候都用得上。自从有了皇帝以后,无一不是迷信暴力的,所以随时都离不开法家,随时都离不开酷吏,一时一刻也少不了的。有统治阶级存在,有帝王存在,严刑峻法是不可或缺的。这就造成一种政治态势,法家永远站在帝王一边,他们是帝王思想帝王文化的实施者,他们的学说就是法、术、势,最后就只剩势而已,势者权势也。暴力是权势的标识,没有暴力就没有权势。权势在暴力中生,在暴力中亡。杀人如麻,血流成河,至死不悟。同帝王思想、帝王文化相对立的,有能力有胆量敢于同帝王思想帝王文化对立的,对着干的只有儒家。他们的学说就是仁,仁慈,仁政,以仁为己任,仁者无敌。

后世的帝王,居安思危的也常有,声言同士人共治天下的也有,于是就把儒家的学说拿过来,拼命地装饰自己,尤其是三纲五常,所谓礼教,包括那些老掉牙的繁文缛节都拿来,用以维持帝王的威严,帝王的天命,帝王的事业。他们说起话来,仁义道德,振振有词,天理良心,头头是道,老百姓自然也得听。越是盛世,越是黑暗,隐士也就越多。虽然,朝中也有不少真正的儒者,也不都是摆设,也常常起草一些冠冕堂皇的文告,煞有介事,粉饰太平,不可否认这就是太平嘛……然而儒法之间的斗争,却是随时随地都在斗争着,如有关重赋和轻赋,如严刑和宽刑,如大赦与否,如滥用暴力和反对滥用暴力……内容多得很。只要帝王存在一天,帝王之术就存在一天,统治阶级存在一天,统治之术就存在一天,血是不会少流的。主张不惜一切的流血和反对流血,尽力减少流血,防微杜渐,避免民族牺牲等等,儒法之间的斗争是长期的。历史就是在各种矛盾中,曲折的,一溜歪斜的,出乎想象的,不尽如人意的……这么发展下来,恐怕它只能这么发展下去了。

前几年,梁寒冰、聂元素夫妇相继去世了。回想往日欢欣聚首,畅谈时事,令人难忘。谨以此文表达对他们的怀念。

九十九

尼采号称是"铁锤布道者",其实是个伪圣人,是个真疯子。但是,疯狂时代自有疯子的市场。他的书名是《强力意志》,仿佛强调意志,后来又译为《权力意志》,其实是强调权力,看上去就带点俾斯麦的味道,强权政治,铁血主义。那个时代的学者和革命家们,都带点俾斯麦的味道。说话不留余地,做事不顾后果。就是有名的英国作家,著名的文化人,萧伯纳,也带有这种味道。一张嘴就是弱国就应该并入强国,小国就应该被大国兼并。

要说英国,三个小岛,一个想独立,算不得什么大国,但在维多利亚时代,号称"日不落帝国",也算是个强国了,对中国发动了两次鸦片战争。作家们也是狗仗人势,喜欢说大话,大而化之,大而无当。时代造就了他们,他们又塑造了那个时代。

这就引出一个历史结论,"弱国无外交"。中国人喜欢反复背诵这种外国的垃圾语言,而不知这是强权政治的必然后果。在古代,有周文王的仁政,仁义的学术,三分天下有其二服事于殷。文王既能以小事大,亦能以大事小,此之谓仁也,仁以为己任,仁者无敌。在当代,全世界一百九十多个国家,都是强国吗?不是强国的就不能活下去吗?弱国不是无外交,弱国的外交最需要智慧。他们无论如何不能实行强权政治,也不为强权政治张目。这是任人皆知的,这还用细说吗?说到仁者无敌,总是不能理解,不堪之甚也。

一〇〇

　　历史学中没有"如果"二字。这是公认的一条原则,是为了迫使人们尊重事实,也就是尊重现实。其实,仔细想一想,这条公认的原则是不对的。这是黑格尔的原则,"凡是存在的,都是合理的。"其实错了。事物的发展变化,历史的发展变化,充满了偶然,充满了千奇百怪的变数,根本就是神鬼莫测,不可预测,甚至过后你也不知。可能性成千上万,而现实性只有一个。最终历史的发展,是在各种各样的加减乘除之后所得出的得数,是谁也没有想到过的,简直是出乎意料。这个得数就是现实,只有一个的现实,完全不尽如人意,无可奈何,只好接受。这就是历史,这就是历史学,这就是历史哲学。

　　这个唯一的,摆在我们面前的现实,是历史强加给我们的,我们没有办法拒绝它。它看上去好像是合理的,合乎逻辑的,其实这是思想认识上的一个陷阱。它之所以看上去是合理的,只是人类历史的叙述者们,尽其所能把它说成是合理的,合乎逻辑的,不过如此而已。编者和读者从这里掉下去,万丈深渊,永世不得脱生。

　　能够反驳黑格尔的,只有外国人,所以我只能引用外国人的话。翻开古奇的书《十九世纪的历史学和历史学家》(商务印书馆一九八九年版第 338 页)法国史学家圣伯夫说:"历史从远处来看,遭受一种特殊的变形。它使人产生这样一种想法,最危险的想法,那就是:它是合理的。于是古人干的愚事,他们的野心,和那些组成历史的千百件怪事,都消失了。每个偶然事件都变成必然会发生的事。基佐的历史由于太合乎逻辑而失去了真实性。"最典型的话是,偶然总是出现在必然发展的交叉点上。读者可以放心,那必然只是事后才找出来的,找出来只是为了说明偶然事件的必然性而已。这就是阿隆所说的,活人不可理解的东西。

二十世纪的中国人喜欢不厌其烦地重复外国人说过的话,翻过来调过去,人云亦云,没完没了。然而关于对黑格尔不以为然的话,中国人不知道,知道也不敢说。所以闹到最后,任继愈在"文革"后三十年,就敢于公开说,"文革"是合理的,是必要的,是有好处的,打了预防针就有了抵抗力了,等等,等等。多么通顺,多么好听,完全是黑格尔的一套。凡是存在的就是合理的。有人骂黑格尔是"御用哲学家"。于是我想起任继愈也是哲学家,不过,他只是哲学史家而已,当然和黑格尔不一样,算不得什么"御用"。

——○——

一定要说历史学中没有如果二字，这就说明我们的思想太死板了。其实，那些有可能发生却未曾发生的历史，倒是十分应该注意的。所有的现实都是不尽如人意的，不合理的，甚至同人们原来的愿望是相反的，历史就是仿佛掉进了魔鬼窟一样，仿佛是被人出卖了，被人诅咒了。所以才有继续努力，不停地奋斗，以仁为己任，死而后已。

历史道路是曲折的，意想不到的，而人的视线永远是直的。从一个点到另一个点，最近的距离都是直的，和视线是一样的。走的路都是曲折的，走了许多冤枉路，做出了许多无谓的牺牲，杀人如麻，血流成河……过后应该看出来，感觉出来，历史学家有责任把它说出来，不然要历史学家何用？要人的头脑何用？人同此心，心同此理，不然，良心何在。

一个大学教授，他爬到大烟囱顶端，宣布要自杀。他认为他是公众人物，他的死也应该当众进行。围观的有二三百人，校长来了，书记也来了，最后公安局长也来了。对他说，你没有问题，你不必寻此短见，你下来，有什么意见跟党组织谈，我保证……说了很多，那教授说，我不再受你们的骗了，我受够了。最后他忽的一声跳下来。在场的人告诉我，他的腿骨劈开刺穿了他的皮鞋。这是一九六二年的事情，当时该校并没有搞政治运动。当时领导宣布这是一个反革命事件，不准谈论，不准外传，否则严肃处理。过了几年，有一次同该校的一个教授闲谈，说到此事，这教授惊奇地反问我："还有这事？"

　　另一件小事也记在这里。我的老战友王奂告诉我，他认识的一个干部，懂点中医，自己配了一副毒药，熬好带到办公室，喝下去，爬在办公桌上死了。我问，这是为什么，王奂说："我估计是对现实不满，感到没有前途吧。"我叹道："竟然是如此的死法？"王奂也叹道："唉……"这也是1962年的事情。后来隔了一些年，大概在"文革"后期，我问那个单位的人，那人说："呀，不知道，没听说过。"天哪，这使人感到莫名的恐惧，感到战栗。

　　我们只承认一个现实，只承认这一个历史强加给我们的现实，这是什么现实。就说实事求是吧，这是实事吗？是全部的实事吗？那些被掩盖的实事，就不存在吗？他们未曾存在过吗？这也是"未曾发生过的历史"吗？有些好心人对人们说，血不会白流的。这话是真的吗？是真实的，真诚的吗？不会白流？这不是白流是什么？

一〇二

　　中国古代文化是士君子文化，自耕农文化，是在春秋战国时期发展成熟起来的。朝前面说，大舜就是典型的士人，典型的自耕农。正是他开创了中国古代的礼乐文明。往后面说，孔子、孟子都是士君子，正是他们把士君子文化发展起来，达到了新的高峰。这个伟大成果，足以对付两千年之帝王思想帝王文化而有余。

　　士君子文化的结晶就是仁，它以无比强大的势头发展起来。最终人类的实践证明，它超过了各种宗教的伟大教义。它是在战乱不断之中，在王霸之争中，在帝王思想帝王文化忽然之间猛烈膨胀的时候发展壮大起来的。春秋时期五霸迭起，战国就不称霸了，改称王，王而不足，改称帝。所谓东帝、西帝，一涌而起。这时候出现了一个要紧的人鲁仲连，他不帝秦。讲中国政治史、思想史的人，有多少人想到过有个不帝秦的鲁仲连？没有人想到他，更没有人提到他。呜呼，这是中国历史吗？战国末期那些王侯们，王侯的不肖子孙们，一下子都跳出来，要称帝了！真是"胡然而天，胡然而帝"呀！还有比这更让士君子们焦虑的吗？

　　顾炎武说，国家兴亡，肉食者谋；天下兴亡，匹夫有责。此所谓天下者，文化也，文明也。当战国后期，公子王孙们胡然而天，胡然而帝的时候，一个隐士鲁仲连忽然跳出来，干预政治，事成之后，飘然而逝。他是病了，还是死了，不得而知。他的朋友们，他的师弟们，肯定也都是隐士，他们没有留下任何文字，就像《庄子》的老龙吉一样，藏其狂言而死……惜哉！但是，不帝秦的思想，掷地做金石声的伟大语言，留下来了。你们拿什么同上古的三皇五帝相比，你们配吗？

当战国之末，没有一个人，包括那些王侯的不肖子孙们，谁也不敢说自己配称帝。但是有一个人竟恬不知耻地称皇称帝了，这就是秦始皇。

秦始皇正是乘着这股突然膨胀的帝王之风，冲上他们贵族老爷们梦寐以求的皇帝宝座的。也正是在这个过程中，在这个时期里，士君子们将自己的理想明确地表达出来，这就是《吕氏春秋》。《吕氏春秋》是士君子文化的伟大创举，吕不韦为它付出了自己的生命。

2002年1月，巴蜀书社出版了王利器的《吕氏春秋注疏》，这是中国离开二十世纪之后，出版的第一部好书，值得为之欢呼。我是2003年9月才在北京书店里遇见此书，后来想再买一部送人，却不可得，印数太少了。

孔子删定《诗》、《书》、《礼》、《乐》，作《春秋》，为后世确立大经大法，世称素王之事业。吕不韦观上古，察今世，为后世立法，作《吕氏春秋》，其与孔子之事业相同。世称《吕氏春秋》"为秦立法"。他既为秦相，可能有这个意思。然则，肆无忌惮地指斥秦之先王，毫不客气地指斥当世俗主，恐怕不像独独为秦立法的样子。而事实上，秦始皇坚决拒绝了吕不韦的这一套。《吕氏春秋》实际上成了汉朝学术思想的主线，这是毋庸讳言的。这是事实，事实不容抹煞。

《吕氏春秋》鄙之无甚高论，不玩弄玄虚的概念，不摆高深的架子，完全是为了通俗易行，岂有他哉。这是阅读《吕氏春秋》时应该特别注意的。

我爱好《吕氏春秋》。当我写作历史小说《咸阳宫》，初稿完成之后，我又细读一遍《吕氏春秋》，确信我已有所把握，我才将《咸阳宫》初稿定下来。我有《吕氏春秋》的各种重要版本，没事时我喜欢翻翻它，多半是为了解闷。

一○三

中庸为德论。二十年来，书法事业突飞猛进，名家辈出，着实喜人。书法是传统文化、传统艺术。要问传统文化是什么，这就离不开儒家的经典。全世界各个古典文明，都离不开宗教，只有儒家经典非常独特，不带一点宗教气味。文王之德，周公之礼，"道之以德，齐之以礼"（《论语》）。这就是孔孟之道，通俗点说，就是中庸之道。

何为中庸？再通俗点，以足球为例，中庸就是进球，偏了不行，太正了也不行，不偏不正，刚好进球。此之谓"无偏无颇"，"王道平平"（《洪范》）。"仲尼曰，君子中庸，小人反中庸。君子之中庸也，君子而时中。小人之中庸也，小人而无忌惮"（《中庸》）。君子时常进球，小人以为那都是碰巧了，瞎碰的。小人只管胡踢，瞎踢，乱踢一气，这就是无忌惮。

汉字是传统文化的载体。书法艺术像鱼儿一样在传统文化中涵泳，自由自在，生动活泼。有人提出"创新"、"出新"，"要跳出去"。鱼一跳就跳到岸上，完了！然后再大喊：人们不懂真正的艺术！是不懂，是谁不懂？

书法既然是传统艺术，自有它本身的传统在。如果硬是无视传统，藐视传统，践踏传统……这就是太偏了。当然，我们生在新社会，处在新时代，只讲传统，颜柳欧苏，亦步亦趋，为古人作印版，为名家作奴婢，这就是太正了。我们如果想有成就，就应该在这不偏不正的路上走下去，自然会见成效。

"子曰，中庸之为德也，其至矣乎，民鲜久矣。"（《论语·雍也》）

对急功近利的人来说，中庸的路太窄了。对肯用功的人来说，中庸的路是很宽的。愿以此与同道共勉。

一〇四

公鸡发现了一颗粮食,它不吃,它咯咯地叫着,等待母鸡来吃。这是它的天性。男人的天性就是关注他的女人,而女人的天性就是生儿育女。这种情形,在动物中也是普遍存在着。把它叫做人性也行,把它叫做物性也行,我写作天性。"天命之谓性"的那个性,天生的。

男人的天性就是关注他的女人,自然进而也就关注他的儿女;女人的天性就是生儿育女,关注她的儿女们的成长。这一对男女,为了生存和发展,最需要的就是关注他们的亲戚朋友,关注血缘,血亲,血族,其中最看重的就是孝。这一切都是很自然的,自然而然的。

这就是仁,这就是仁的本义,这就是仁的根。所以说,仁者人也,仁者爱也,仁者爱人也。同时也要看到,仁者二人也,二人者夫妇也……

仁的本义,可以说很深,也可以说很浅,它很深沉,也很浅近,它就是生命本身,就是人类本身,就是道德,就是生活,就是一切。

一〇五

余 2001 年 4 月,在北京太庙书市中,购得《四库全书荟要》一部,一百册,非常高兴。归来细看才知道,这只是《四库全书荟要》的选本,三分之一左右。选本就是选本,不可用全名,不可哄人,选本并不丢人。

现在就按选本说话,此选本却有许多缺陷。当然,选家们用了许多心思,下了许多功夫,这不可否认。如果考虑得不对,越费心思缺陷越大,如果想法不妥,越下功夫缺陷越多。

一看目录,便知道选择失当。经部,《易》过多,《礼记》只有一种;史无《汉书》;子无《吕览》;集部无《文选》,却有十三部清朝皇帝们的御纂之类,共占二十二册,占全书的五分之一强。如《康熙字典》、《御选唐诗》、《子史精华》、《古文渊鉴》、《日知荟说》、《御制律吕正义》、《钦定叶韵汇辑》、《御定道德经注》、《御纂朱子全书》,等等,等等。以集部论,李白杜甫占一册,王勃至王维六人合为一册,清朝皇帝共占八册。二十五册它就占去八册,这还不够失当?这些帝王之作,既非经典,亦不权威,可以说无一必要。这可以看作是九十年代以来,"皇帝热"在出版界的一种表现,或是选家们所说的对"皇帝热"的一种"人文关怀"。选家也讲才学识,光赶时髦有什么用。这可以看作是,帝王思想、帝王文化终于大获全胜了。

你说皇帝不行,经史子集四部中均有著述。尤其子部,煌煌巨著,竟有十二册之多,好吓人也!看来中国传统文化中,最伟大的依然是皇帝,呜呼!《古文渊鉴》把《古文观止》中的各篇都选了,就是不选《唐雎不辱使命》，可见还是顾虑多多，二人五步，呀！好可怕哟！伟大的不可一世的帝王们，也有尿裤子的时候。不过，你放心，他们把屎拉在裤子里，朝臣们不一定知道；就是知道了，自然也会为尊者讳，放心吧。帝王思想、帝王文化的大获全胜，深深影响着全民族的心理，选家们也得将就一二。

《序言》中说子部有《孟子》，目录中却没有，大概作序言的人连目录也没有看过。这种事情很让人难堪，不过，放心吧，无碍也。摆在书架上，一眼便知，负责子部的选家大概主张节约，子部二十五册，薄薄的，可怜兮兮的，不好说了。如果要说，那就不好听了。

子部是士人文化的精髓，是帝王文化的对抗物，所以越少越好，免得节外生枝。选家心里是很清楚的，还用细说吗？朱元璋在五百多年前就想开除《孟子》，如今他终于可以如愿以偿了，不是吗？朱元璋不仅是当过小和尚，当过小乞丐，还当过小偷儿，他是典型的流氓无产者，他的遗愿终于实现，这是应该的，也是无可厚非的。

一〇六

　　某日读某人的一篇文章,说到权威主义,他写道:"他认为中国总得有一个人说了算。"这引起我的深思。

　　古代社会的以农业为主的自然经济,是高度分散的。"不计而耦,不约而成"……它永远是分散的。这就决定了王侯的存在,以及后来帝王思想、帝王文化的产生与发展。帝王的标志就是集权主义。分散要求集中。集权主义不同于极权主义(极端的权威主义)。只有集权主义才能抵抗外族的入侵。正因为如此,集权(后来叫集中)具有极大的蛊惑性。它自身有一种强烈的要求发展的趋势。集权发展为极端,变为极权主义,权威主义,变为个人独裁,"一个人说了算"。这就走向反面了。

　　古代的帝王们,是同大臣共治天下,或说与士人共治天下,尚未完全走向反面,所以说,权力的质变,是一切异化的总根。权力变质,一切就紧跟着全都变质了。不知不觉,不可抗拒。权力变质以后,所有的考虑,都在权利之内(利之所在),所以谁也没法子。就是忠臣谏言,也在权利之内,不足怪也。权利之外,不可言说,无可奈何。

一〇七

前些年出现了一件希奇事。

一位某先生，翻译了一本外国人谈论中国问题的书。此书一出，颇为轰动，最后惊动了某位首长。这位首长一读之下，大为欣赏。这就惊动了我。我急忙找来一读。书是很不错，我也颇为惊叹。我之所以惊叹，是因为书中言语切中要害而非常委婉。我叹道，想不到，一个外国人也很懂得"替圣人立言"、"为尊者讳"的一套，难矣哉。

后来听说，因为惊动了某位首长，所以也就惊动了不少人，其中有些就是著名作家。他们要同此书作者直接联系，一打听，那个国家里没有这个人。这就奇怪了，就去译者那里打听。无奈之下，这位译者某先生，终于说了实话，书不是外国人写的，就是他自己写的。这就是滑天下之大稽了，简直是哭笑不得。

这种事情，是古今中外从来没有过的。从来没有过的，却出现在当今的中国，这难道不值得人思考吗？可是这有什么可思考的？不就是一个中国人发表了一通对中国问题的看法，并且引起领导的注意吗？可是为什么署着外国人的名字，就可以引起重视，不然就无法出版，更不要说引起重视了，这是为什么？这也好回答，中国人近百年来，一向只听外国人的话，不听中国人的话，怎么办？这正是某先生想出来的高招，你不信吗？是，是这样。这是为什么？就为这，不懂吗？不管怎么说，这有点荒唐。不，一点也不荒唐……荒唐。不荒唐……

我辈读书人，读书之余，常常忍俊不禁，没法子。

一〇八

　　成吉思汗建立的蒙古帝国,是欧亚大陆上最大的帝国,东起黑龙江,西至伏尔加河,南至珠江及两河流域一线。它是怎么崛起的,它又是怎么崩溃的,为什么,说不清。我们只知道,它的崩溃和它的崛起,一样的迅速。忽拉一下就崛起了,忽拉一下就崩溃了,谁也无可奈何。未必其子孙都不如人,只是历史原本如此。至少并没有人决心消灭之,但是,它却在消亡之中。是后来清朝入关前后,满蒙联盟,不停地联姻,才救了蒙古人。有关蒙古的史书,越出越多,越来越细,越细则越迷茫。其实,以暴易暴,迷信武力,不亡何待?这就是从反面证明了"仁者无敌"。

　　这个道理很深,其实也很浅,不之思耳。

一〇九

谈到仁,仁者人也,究竟是什么意思,如果使用外国的名词概念,诸如人本主义、人道主义、民主主义、个人主义,等等,你永远说不清。其实,人就是人,人类,关注人,关注自己周围的人,所有的人。

1958年大跃进,跑步进入共产主义,人民公社,大食堂,吃饭不要钱。1959年就进入困难时期,1960年饿死人。

有一个村子,是个生产大队,开始饿死人,而仓库里是满满的粮食。人们商量要抢粮,人们喊道:"那是咱们生产的粮食!"支部书记知道后对大家说:"我是支部书记,村里饿死人了,是我的责任。大家要抢仓库的粮食,不要抢,一抢就乱了,有的到手了,有的没到手。听我的,我决定开仓济贫,救命要紧。这责任由我一个人负。如果我被枪毙,希望乡亲们照顾我的老小……"然后他就打开仓库,按人口分粮。有条不紊,人心大快,村里再没有死人。事后,他到县委(后来改成了市委)投案自首。县领导有的主张杀,不杀不足以平民愤;有的主张不杀,杀了要引起民愤。书记拍扳:"不杀,但要重判!"判了这支部书记十九年徒刑。

这支部书记服刑期间,家中老母和老婆、儿子享受烈士待遇,支部书记本人每年空拿一个最高工分;后来文革中红卫兵造反,也没有造这个反;村里闹夺权,夺过来夺过去,这条规定没有改变。这好像不是政治问题,也不是经济问题,甚至也不是文化问题(文化大革命嘛)。人们把这看作是道德问题,没有人说个不字。全村的人都知道这是活命之恩，嘴上不说，一直就这么办。捱到三中全会以后，新市委做出平反决定，派人专程去千里之外的监狱接取这位支部书记，他的刑期还差几个月。

村民们知道支部书记要回来了，敲锣打鼓，跑出十多里地欢迎他。村里搭了戏台，要唱大戏，梆子腔。点的戏有意思，从"武家坡"到"大登殿"，全本戏文。台上唱戏，台下人哭……

有一天，一个朋友，多日不见，突然见访。进门就说，今天就问你一件事。我说，什么事？他说，王宝钏。我说王宝钏怎么你啦？他说，没怎么我，我问你，王宝钏的故事，是不是真事儿？我说，你说呢。他说，要我说，它应该是真的，不是瞎编的。我说，正史里没有薛平贵、王宝钏的故事，可能出在野史，或者说像五胡乱华，十六国春秋里面，也未可知。我认为这应该是真的。他说，好，就要你这句话。然后他就给我说了上述的故事。

我听后很受感动，也很受启发。所谓仁，原本就是感情，对人的关注和爱护，它是一种自然而然的道德情感，好理解，人人都可以身体力行，尧舜亦人，我亦人也。不用细说……中国人就是这么过来的。

一一〇

　　当我读到《辜鸿铭文集》下册,辜鸿铭在日本的活动以及有关
文章时,我想到中国文化以及日本的所谓中国文化,这里特别值得
深思。服膺欧洲文化的人,一旦接触中国古典文化,立刻就五体投
地了。尤其中国人, 就像学油画的中国人最终都回到国画上来一
样。这是一种崇高的信仰,可以说是一种顽强的信念。二十世纪中
国走了一个圆圈,又走回来了。经过许多周折,许多巨大的牺牲之
后,中国人应该认识到这一点了。但是在二十世纪初期,中国遍地
都是革命者,即假洋鬼子,再即阿 Q,即群氓,革命、革命喊个不停,
到后来发展为造反有理的高论。文学革命出乎胡适的预料成了政
治革命,并且发展为叫嚷废除汉语汉字的狂吠,并且叫嚷与传统决
裂,打倒孔家店,打倒三纲五常等吃人的封建礼教。这种情况是令
人沮丧的,是同中国古典文化背道而驰的。当然会引起辜鸿铭一类
代表中国文化的有觉悟的学者们的厌恶。不要忘记,辜鸿铭去世以
后,王国维也去世了。还有几位重要的学者,章太炎、马一浮、熊十
力、陈寅恪,等等,有些是解放以后去世的。他们对抛弃中国固有文
化的所谓革命大失所望。于是辜鸿铭在一瞥之下,看到了在日本,
保留的一小部分非常皮毛的所谓中国文化。那不过是中国古典文
化的鬼影而已。于是,他就像在荒原上迷路的孤独的旅行者一样,
忽然碰见一个强盗,却认为是一个朋友。更何况日本文化确实具有
中国文化的外表,怎么能不被迷惑呢。然而,日本文化是徒有其表
的浮夸的不自然的东西。就像偷来的衣服一样,不合身。二十世纪

的实践证明：日本文化只是在浮浅的中国文化和浮浅的欧洲文化，以及在这两个浮浅的基础上建立起来的全新的并且是顽固的群氓崇拜及滑膛枪崇拜的天皇主义(帝国主义的变种)而已。它同纳粹德国的结盟,这是理所当然的。

古代的日本人从中国学来的一点东西，只是现代日本人的一种点缀而已。希腊是靠开发地中海沿岸的海上贸易发展起来的,因而主张自由平等。日本是一个岛国,但是没有能力进行广泛的海上贸易,却有力量进行原始性的掠夺,它是靠此发展起来的,所以它既没有自由平等,也没有博爱一类的思想,它永远不可能产生这些东西,这是值得注意的。

如果辜鸿铭再多活十年，他绝不会是一个"中日亲善论"(汉奸)者。他有一句话说对了。当他看见日本人学到欧洲文化皮毛的时候,他说:"日本危险!"这句话是如此的令人惊心动魄。这话在我听来,实际上是对中国的一个警告。日本人的不理解,是因为没有根基。这个根基在中国。虽然中国人很不争气,但是其根基依然还在。

——·*·——

　　原晋送我一部《毛扆批校四书集注》,广陵书社出版,原大原样,彩色印刷,线装一函,十分精美。定价四千,我高兴极了。

　　说起广陵书社,给人印象不佳,总是粗制滥造。比如《通志堂经解》,多么重要的典籍,看不清,每一翻阅,心情恶劣。单就印刷技术说,解放后不如解放前,大陆不如台湾。例如秦蕙田《五礼通考》,清楚得很,看上去让人心情舒畅。现代印刷技术发展极快,首先是德国,其次是日本,需要我们学习的东西很多。见到这部《毛扆批校四书集注》,对广陵书社的印象有所好转,看来真要认真干事,也能干好。

　　这是一部明版《四书》,原是仿宋版的书。毛扆根据宋版《四书集注》,将版式和文字情况一一批注在此书,使读者可以想象宋版的面貌,颇有版本和校刊方面的价值。这种按原书原大原样影印的古籍,可以满足人们对古籍的需求。明版古籍在北京琉璃厂,价格成倍、成十倍地向上猛涨,读书人望而却步,就是收藏家们也感叹良多了。现代印刷技术如此发达,如此好事何乐而不为。让收藏家们尽力去抬高古籍的行情吧,同时用此办法来满足广大读书人们的需求,可以说各得其所。

　　我是个读书人。我不追求我的书架上的书价值几何,我只追求书架上的书,质量好,赏心悦目,如此而已。原晋爱看书,我也爱看书。我是好读书不求甚解,原晋是版本学家,他喜欢长时间聚精会神地欣赏古籍的版式等等,我没这种功夫。

一一二

　　友朋们在闲谈中经常提到鲁仲连,但是却不见历史学家、或这个家那个家们在文章中提到鲁仲连……虽然如此,我觉得鲁仲连还是一个值得谈论的人物。当然,鲁仲连只是一个隐士而已。

　　隐士是士君子群体的主体。所有耕读传家的自耕农们都可以看作是隐士。甚至上古的"日出而作,日入而息,耕田而食,凿井而饮,帝力于我何有哉"的人们,都可以看作是隐士。当然,鲁仲连也是一个隐士。

　　隐士这个广大的群体,不易集中,不易形成一个拳头。但是,仁者人也,仁以为己任,人同此心,心同此理……这个群体又非常凝固,或说是顽固。正因为如此,它也不易被镇压和被消灭。客观存在的缺点,也是它的优点;它的优点正是它的缺点。从大舜开始就这样传下来,古来如此,无可奈何。

　　鲁仲连想来他就来了,想走他就走了。你到哪儿去找他?鲁仲连就是鲁仲连,独往独来,特立独行。这就是《吕氏春秋》所强调的山林岩穴之士。《吕氏春秋》甚至认为,将来的天子,很可能出在山林岩穴之中……就像古代的大舜一样,匹夫而为天子。金字塔的出现,出乎士人意外,士人决心踏平金字塔。(注一)

　　鲁仲连义不帝秦。这个义字当什么样讲,一般人不注意。义者,主义也。这是一种思想、一种思潮、一种理论……在当时传播甚广,普遍而深入。一个"虎狼之国"的秦,有什么资格称帝呢?

　　鲁仲连的思想来源于三代以前的上古,文字来源于诗书和《孟子》，这是士人的思想，所以秦始皇"偶语诗书者弃市，以古非今者族"。

　　真正阐述鲁仲连思想的书是《吕氏春秋》。《吕氏春秋》的出现，晚了三十年，而秦始皇(当时叫秦王政)手疾眼快，对《吕氏春秋》的镇压，又早又狠又快，以致使真正的士君子思想尚未站稳脚跟，就被镇压下去了。不过，值得庆幸的是《吕氏春秋》这部伟大的书，却完整地被保存并且流传下来，这是一个奇迹。士君子是不可小觑的。他们来自平民，他们是自耕农，他们顽强得很，他们是隐士，他们柔弱而刚强。治世不媚进，浊世不易方，至死不变，强哉矫。

　　(注：吕思勉著《中国文化史》第48页："举天下统属一人，乃事理所必无。"吕氏叙述韩信思想如此。此点亟须注意。蒙斋注。)

一一三

史称鲁仲连义不帝秦，我以为这非常重要，可是历史学家们却不大谈论。当然，鲁仲连只是一个隐士而已，隐士是士君子群体的主体。所有耕读传家的自耕家们，都可以看作是隐士。甚至上古的"日出而作，日入而息。凿井而饮，耕田而食，帝力于我何有哉"的人们，也都可以看作是隐士。当然，鲁仲连也是一位隐士。

鲁仲连是偶尔露峥嵘，他想来就来了，想走就走了。他是独来独往，特立独行。这就是《周易》所说"高尚其事，不事王侯"的人，这就是《礼记·儒行》中所说，"不臣天子，不友诸侯"的人，这也就是《吕氏春秋》所强调的，"山林岩穴之士"。《吕氏春秋》甚至认为，将来的天子，很可能出在山林岩穴之中……就像上古的大舜一样，"匹夫而为天子"。匹夫而为天子，可不是小事情。人人都是匹夫。《孟子》曰："尧舜亦人，我亦人也。"呜呼，这可不是闹着玩儿的。正是在鲁仲连身上充分的体现着这种可怕的思想。

大舜传贤，传给了大禹，大禹传子，出现了家天下。舜以前是明堂议事，辟雍选贤，禹以后就成了集权，逐渐发展为极权。夏商周三代下来，真正的遗产就是这个权力的金字塔。贵族老爷们拼命地加固这个金字塔，权力变成了权利；士君子们极度厌恶这个金字塔，甚至企图踏平这个金字塔。这是一种反叛的思想，或叫做革命的思想。就是到了战国，传贤的政策一直在实行着，例如在燕国，虽然没有成功，但是，传贤的思想和理论却顽固地存在着，甚至发展着。

士人们虽然极度厌恶这个强大的金字塔，但是有些士人，为了个人的的生存和发展,不得不承认它,甚至依附它。他们以为,这金字塔乃是一两千年的传统遗产,没有它则不成其为社会。夏商周的田税制度是贡、助、彻。周人为了战争,发明了彻,"彻田为粮","使民战慄"。因此西周很快就亡了。到了东周,开始了霸业。为了称霸,必须变法。于是取消公田,改八夫一井为九夫一井,田税制度出现了百花齐放的局面,贡、助、彻都有,不过是新贡、新助、新彻了。从此便产生了王霸之争。

贵族统治者坚决走霸道的路,士人们坚决反对之,主张较为开明的王道,其典型的代表就是孔子。虽有士人广泛而深入的斗争,历史还是按照统治者的意图向前发展走向霸道,也就是向绝路上走去了。封邦建国变成了郡县,新助新贡走向了新彻,"当今争于力气",强权变成了公理。猪往前拱,鸡往后刨,没有别的路可走。这就叫历史。

反对的力量既然来自士人,士人又是根据诗书、百家语,于是焚书坑儒是在所必行了。"偶语诗书者弃市,以古非今者族"。这就必然引出了"以吏为师"。再也没有比"以吏为师"更无耻的了。贵族统治者从无知、无能走到了无耻的境地,这是无可挽救的。这就证明,"帝力",帝王的权力和权利,集权和极权,只是暴力、暴政、暴君。除此之外,一无所有。

中国上古就有士人,中国文化就是士人文化。中国上古人唱道:"日出而作,日入而息,凿井而饮,耕田而食,帝力于我何有哉!"帝力就是帝王的权力,就是后来不断被加固的金字塔。于我何有哉,就是同我有什么关系……金字塔越来越高,越来越大,它囊括了一切,罩一切,涵盖一切……你不找他,他来找你了,直闹到隐士没有藏身之处……

一一四

当伯夷叔齐隐居在首阳山,发誓不食周粟的时候,有人告诉他们,你们反对武王伐纣,就是反对革命。武王伐纣大获全胜,万民欢呼,万岁之声不绝于耳。你们这两个反革命却躲藏在这里。你们宣誓不食周朝的俸禄,现在告诉你们,天下是周家的,山川河流,一草一木都是周家的,你们没有权力吃周家的野菜……于是,结果,最后,两位老人就饿死在首阳山上了。

然而,人类社会不只是两个老人,士人群体,广大的隐士,食土之毛,芸芸众生……不可能都无声无息地饿死。假若在首阳山上隐退的不是两个老人,而是两个年轻力壮,血气方刚,武艺高强,有胆有识的什么人,他们能悄悄地饿死吗?他们既然可以隐退,也可以隐进,他们一声呐喊,"帝力于我何有哉!"帝王的权力与我有什么关系,我为什么要承认它,维护它,向它顶礼膜拜?"诛一夫","刺万乘如刺褐夫"(《孟子》语),"吊民伐罪","诛不当为君者","行罚不避天子","天下者非一人之天下,天下之天下也"(《吕氏春秋》),"鲁仲连义不帝秦!"鲁仲连早就说过不帝秦的话了!他们不承认秦朝的存在,不承认秦朝的合法性。他们宣布要打碎这个万恶的金字塔,踏平这个金字塔,这不是很自然的吗?

于是就有了陈胜吴广,并且有了项羽刘邦……简直是谋臣如云,战将如雨……他们都是士人,耕读传家的士人,其中没有一个人是夏商周三代留下来的老牌贵族。

一一五

中国的学人在二十世纪初,一提井田制,因为外国人没有人谈论过,于是他们就坚决否认之,就是郭沫若也说,所谓井田制,"不过就是孟老夫子的空想而已"。后来,马克思给查苏里奇的信翻译过来,人们又一百八十度地转变,都谈论起所谓"棋盘状"的井田制来……哪里有什么棋盘状哟,真是不堪回首。

马克思从查苏里奇那里知道,至到十九世纪,也就是马克思活着的时代,俄国广大农村,还一直存在着原始的农村公社,土地每年或者每三年重新分配一次的古老的制度。于是,马克思就在五种社会形态之外,开了一个口子,叫做"亚细亚生产方式"。所谓生产方式就是社会形态,如此这般,社会发展史就不只是五种形态了。可惜关于亚细亚生产方式,马克思又不肯细说,至今人们依然是不甚了了之至。欧洲人虽然一直想征服亚洲,却不了解亚洲。亚洲在世界之外,尤其中国地处远东,一片渺茫。

从人类发明农业,少说也有一万年了。关于井田制,其实它只是人类从事农业活动的第三个阶段。第一个阶段,是男人狩猎,女人种植,土地无所谓公有私有;第二阶段,是"不计而耦,不约而成"。已经是男人们在耦耕了,不计是不计亩,不约是不约定交家族多少。这时的土地制度是谁种属谁,真正的耕者有其田;第三个阶段,是"降丘度土",度就是度量,土字念度,土地就是度地,一再丈量的耕地。这才是井田制。井田者分田也,井田制者,分田而耕的制度也。这时的土地制度是有私有公,公田收获归公,私田不再收税。

后来，春秋时期变法，取消公田，改八夫一井为九夫一井，私田都成了公田，众人的私有变成了公侯的私有了，此不可不察也。

这种公有制，或叫井田制，名正言顺，声势浩大，不可阻挡。但是，因为它实质上只是公侯，后来叫王侯们的私有而已，所以它的本质非常肮脏，非常卑鄙，本质上是一种盗劫行为。《左传》说："盗憎主人。"所以才有对农民的残酷镇压。把农产品全部拿走，说起来是为了战争，而战争只是王侯们刻意发动的，只是为了压榨人民血汗而已。所以土地制度又转向私有，恩格斯说土地私有是从住宅开始的。中国叫"田宅"。赵国的赵括已经是买田宅了，而到秦国的王翦时，还是请田宅。秦国和后来的秦朝极力保持着古老的落后的土地国有的旧制度。但是，政权和暴力不能生产粮食，地里不打粮食，连打仗也打不成。所以秦朝只好迅速灭亡，一下子土地制度就回归了私有，实现了耕者有其田。这就是汉朝了。

一一六

　　只要读中国的古文，比如《古文观止》，就会想到鲁仲连；一想到鲁仲连就想到隐士；想到隐士就嗤之以鼻……这就是二十世纪中国文人们的普遍心理。他们说，隐士就是吃不上葡萄就说葡萄酸的人们……呜呼，二十世纪的中国文人们，一心一意干革命，为自由平等而战斗，殊不知正是古代的隐士们，承载着中国自古就有的自由平等的思想意识，这就是鲁仲连。

　　《鲁仲连义不帝秦》一文原出《战国策·赵策三》，到了《古文观止》增加了一个义字。义者也，主义也，称作鲁连主义，亦无不可。虽然这么说，鲁仲连依然只不过是一个隐士而已，不过没有人以为他是吃不上葡萄的什么。

　　《古诗源》取《帝王世纪》所载上古逸诗为第一首，即《击壤歌》："日出而作，日入而息。凿井而饮，耕田而食。帝力于我何有哉！"传说是巢父、许由所作诗歌。《汉书·鲍宣传》曰："尧舜在上，下有巢由。"隐士是普遍存在，古来就有的。所以孔子是"祖述尧舜，宪章文武"。

　　二十世纪初期，那些西装革履的留学生们归来，看到中国的什么都不顺眼，他们断言，自由平等以及民主宪政等等，只是外国现代的新事物，中国如此落后，怎么能有这种高度现代化的东西呢。然而，士是中国所独有，隐士自然也是中国所独有，外国没有士，自然也没有隐士。《易》曰："龙德而潜者也"；"退世无闷"（注）。"高尚其事，不事王侯。"《礼》曰："不臣天子，不友诸侯。"孔子曰："鸟则择木，木岂能择鸟。"儒家原有隐退之义。《论语·微子十八》全篇论述隐士。政法清明，隐士清高，而政治越黑暗，隐士越多。

自由平等源自个性，本是个性的尊严，而个性源自个体。就是真龙天子，也是一个人，也是个体，也是个性。仔细读读《史记》吧，三皇五帝都是人，只是后来有了皇帝，才神乎其神起来。站到那个位置上（"圣人之大宝曰位"）就把自己想象成神了，周围的大臣们又赋予他一种"神性"，于是乎就好像了不起了，其实，还是一个人。天子们喜欢强调"天命"，其实"天命之谓性"（《中庸》），天命只是他的人性、个性，还是个个体而已。自由平等的观念，归根结底就是人格、性格、人性、个性以及个性的尊严。这种东西从有人类以后就有。尧舜以前，一片洪荒，不好说清，尧舜以后，自由平等普遍存在。这种东西，轻如草木，重如栋梁，举眼望去，到处都有，到处皆无。这就是食土之毛，芸芸众生，广大的自耕农，包括隐士。

中国古代文化就是士君子文化，士君子的主体就是广大的自耕农，包括开荒取食的隐士。大舜就是一个自耕农，一个士人，起初就是隐士。正因如此，孔子才"祖述尧舜"。正是这些以舜为首的自耕农的士君子们，包括隐士们创造了中国的古代文明、独一无二的无比辉煌的礼乐文明，它的集中表现就是《十三经》。

士人创造了诗书等六经，秦焚书消灭了六经。汉初除挟书令，令民献书，献书的还是士人，甚至包括隐士。他们都是自古就有的耕读传家的自耕农。士有天经地义的五亩之宅，一直苟活下来，土地从私有趋向公有，田税从贡助趋向彻。"彻者彻也"，全部拿走，连锅端。然后再慢慢地经过自由买卖再次回归私有。自耕农的士人们又有了新的立脚点。他们是自食其力者，是农业社会的基础，是中国文明的基石，他们生来就具有自由平等的思想意识。

尧传贤，传给了舜；舜传贤，传给了禹；禹传子，变成家天下。舜以前明堂议政、辟雍选贤。自大禹之后，变成了集权，逐渐发展为极权。夏商周三代下来，真正的遗产就是这个权力的金字塔。贵族老爷们是极力加固这个金字塔,权力成了权利,利之所在,身不由己。士君子们则极度厌恶这个金字塔,甚至一直在企图踏平这个金字塔。这是一种反叛的思想,或叫做革命的思想。就是到了战国,传贤之制依然在实行。例如燕国,虽然没有成功,传贤的思想和理论却顽固地存在着,并且发展着。燕国传贤之所以不能成功,是诸侯王国中生而为贵胄的无能之辈们,像害怕火一样害怕这个制度,故而联合出兵扑灭之。这点事情,是个人都能看清,当时的士君子们倒看不清?是今人不清楚罢了。

从武王伐纣开始,历史就是夹生饭,就这么一溜歪斜地发展下来了。不能说凡存在的就是合理的、神圣的,这是现代观念。古人不像现代人这么愚蠢,尤其是耕读传家的自耕农的士君子们。就是那些"凿井而饮,耕田而食"的隐士们,也清楚,凡是存在的都是不合理的。正是他们喊道:"帝力于我何有哉!"当然,现实就是现实,现实就是客观存在,谁也奈何不得。有的士人就将就现实,有的士人就不满现实,甚至于如鲍焦,"抱木而亡,以非当世"。他们敢于表示不满,敢于抗议,敢于不合作,敢于抗争。这就是士君子们身上生来就有的自由平等的精神。

当伯夷叔齐隐居在首阳山,发誓不食周粟的时候,有人告诉他们,你们反对武王伐纣,就是反对革命。武王伐纣大获全胜,万民欢呼,万岁之声不绝于耳。你们这两个反革命却躲藏在这里。你们宣誓不食周朝的俸禄,现在告诉你们,天下是周家的,山川河流,一草一木都是周家的,你们没有权力吃周家的野菜……结果,两位老人就饿死在首阳山上了。

鲍焦也和夷齐一样,是周朝的有名的隐士,有的书上说他是一位"介士"。孔子说:"不得中行而与,必也狂狷乎?"介士就是狷介之士。孟子说:"狂者进取,狷者有所不为。"鲍焦大概耿介异常,不与当局合作,隐居起来。据说指责鲍焦的是孔门弟子子贡,这只是传说而已。总之,他受到对夷齐一样的指斥,于是抱木而死。估计可能是有人将鲁仲连比作鲍焦,所以鲁仲连一张嘴就是鲍焦,他指出鲍焦之死不是为一身,言外之意是为天下。这正是鲁仲连的义之所在,天下之士所虑者,天下之大势也。

这里有个重要概念,即"天下之士"。从前是讲究"国士",现在是讲究"天下之士",这其间是颇有不同的。在鲁仲连以前一百九十年的时候,赵襄子消灭智氏之后,出过一个人物叫豫让。豫让说过一句划时代的话,"众人待我众人报之,国士待我国士报之"。这正是豫让的平等观。你怎么待我,我怎么待你,平等交换。豫让以国士自居,国士就是为一国效命的士人也。这种士只知爱国,爱他所在的国,他效力的国,其他不在他的考虑之内。屈原正是这样的士人,他只爱楚国,别的不在他的考虑之内。屈原和鲁仲连差不多同时。他抱有一百多年前的豫让的想法,所以我说,屈原的爱国思想是很落后的思想。他的遗作很伟大,而他的思想感情却非常过时,显得非常保守落后,格局甚小。君子所见者大,小人所见者小。这些是不可否认的事实。

屈原同鲁仲连同时,却不能同鲁仲连相比,差多了。别人称鲁仲连为天下之士,鲁仲连也以天下之士自居。天下之士者,为天下苍生考虑,为中华文明考虑,为历史走向考虑,不独为一家一姓一国一地域考虑了。这种天下观上古就有了。尧以权授舜则天下利,授丹则天下病。这正是孔子所祖述的内容。后来顾炎武所强调的正是这个意思,"天下兴亡,匹夫有责"。这正是战国后期的士君子们不约而同的明确的想法,这才是士君子群体的伟大抱负,为天下苍生,为中华文明,为历史发展负责,这也就是孔门弟子们所强调的"仁以为己任"的精神。

因为在鲁仲连以前,曾经有秦称西帝,齐称东帝的事情,不久又去掉帝号。这是为什么?这就是因为遭到了普遍的非议。首先是士人，认为秦昭王和齐湣王根本就没有资格称帝。什么样人才有资格？当时的孟子曰："得丘民者为天子。"朱熹注曰："得民心也。"秦昭王和齐湣王得了什么民心？秦昭王实行商鞅的政策，弃礼义，尚首功，"权使其士，虏使其民"，怎么能得民心！齐湣王更不值得一提，最后被抽筋而死。传子传贤之事，可以不必再提。

现在的关键是王道和霸道。谁是王道？没有，都是霸道。霸道怎么称帝，这不是最大的笑话吗？贵族统治者是坚决要走霸道之路，士人们是坚决反对霸道。其间最典型的代表就是孔子。虽然有士人们广泛而深入地斗争，历史还是按统治者的意图向前发展，走向霸道，也就是走向了死路，"当今争于力气"，一切都诉诸暴力，暴君、暴政、暴力至上。为了战争实行郡县，为了战争实行了新彻。全国永远处于战争的紧张状态中，消灭诸侯后，又南征百越，北伐匈奴，口赋箕敛、焚书坑儒……这就叫历史。

充分表现士人思想的典籍就是《吕氏春秋》。《吕氏春秋》大喊道："天下非一人之天下，天下之天下也！"秦始皇下手快，而且狠，消灭了吕不韦的势力和《吕氏春秋》。但是《吕氏春秋》竟然完整地保存下来了，这简直是奇迹。虽然有秦始皇的钢铁一样的血腥统治，踏平权力金字塔的思想却一直顽强地存在着，于是就有了陈胜吴广，并且出了项羽刘邦……谋臣如云，战将如雨，他们之中没有一个是夏商周传下来的贵族……这是后话。

鲁仲连不帝秦的言论，实际上就是对三代遗产的金字塔的强有力的谴责。他从近处说起，说齐威王既然朝周，已而又骂周天子是婢子养的。这是因为嫌他迟到，宣布要砍他的头，他急了。天子诛求特甚，不可容忍也！这是很自然的。然后鲁仲连说到殷纣王、鬼侯、鄂侯和西伯昌为纣之三公，他们共同尊奉殷纣为帝，帝有帝的权力。纣之诛求特甚，最后，他们三人，一个被垛成肉酱，一个被晒成肉干，一个被囚于羑里。然后，鲁仲连说到眼前的曾经称帝的齐滑王,在亡国破家的逃亡中,还对诸侯提出各种行天子礼的苛刻要求,以至邹鲁之臣将其拒之门外……鲁仲连最后说,如果帝秦,"是使三晋之臣,不如邹鲁之仆妾也"。于是,辛垣衍认输,说:"吾乃今日而知先生为天下士也。"鲁仲连所论都是历史事实,夏亡于桀,殷亡于纣,西周亡于幽厉,都是亡于暴君。暴君是怎么产生的?金字塔是怎么产生的?你尊他为帝,他才作威作福起来,如果你不尊奉他,踏平这个金字塔,"天下非一人之天下",怎么样?他有什么可闹,他老实得很。

自由平等的思想意识自古就有,只是古人没有现代的自由主义、个人主义、民主主义的那些花里胡哨的琐碎不堪的名词概念罢了。我们要那些概念干什么?徒增淆乱耳。从外国贩点新名词回来,煞有介事,神乎其神,只是为了开辟自己的市场而已,别的什么也不为。

士人群体,包括隐士,非常分散,甚至非常隐蔽,不易形成拳头,也不易被彻底消灭。他们凿井而饮,耕田而食,布衣蔬食,耕读传家,这就是读书的种子。他们奋斗了两千年,终于在刘邦之后,建立了平民政权——汉朝。当然,历史遗留的包袱还得背着,帝制还得保留,虽然有"与大臣共治天下"或者"与士人共治天下"的说法和做法,专制还是专制,独裁还是独裁,于是就腐败,于是就垮台,于是就亡国……改朝换代,胡里胡涂,一溜歪斜,专制还是专制,独裁还是独裁,又来到了两千年。

说来可笑,唐德刚一说就是二百年,我以为非常可笑,现在我竟然来个两千年,这不是更可笑吗?是很可笑。历史学本来就是充满了荒谬可笑的,自然也就没法不可笑了。

注:《周易·乾卦》:"初九,曰潜龙勿用,何谓也?子曰,龙德而潜者也,不易乎世,不成乎名,退世无闷,不见是而无闷,乐则行之,忧则违之。确乎其不可拔,潜龙也。"这就是说的隐士。

一一七

中国的二十世纪是动乱的世纪,革命的世纪,批孔的世纪,康有为的世纪。

自太平天国以来, 普遍以为只有宗教能够唤起民众, 拯救人类,于是邪教漫衍,恶魔遍地。康有为势力蒸蒸日上炙手可热时,只有一个章太炎敢骂康有为,骂他是"丧心病狂",骂康有为的学生们是"蜣螂转丸"。这种情况非常严重,非常普遍。当1958年跑步进入共产主义时,一上来就是公共食堂,吃饭不要钱,马列主义里哪里写着公共食堂? 后来才知道,只有《大同书》有之。不要忘记,正是"吃饭不要钱的公共食堂",饿死农民无数。直到目前,中国学者对康梁没有任何批判。

今年是章太炎先生逝世七十周年。十九世纪末,张之洞认为章太炎是个人才,企图召至麾下,于是章太炎来到武汉。武汉守梁鼎芬与章太炎谈话,说到康有为想当皇帝。章太炎说:"帝王思想,人皆有之。吾闻康有为非为皇帝,欲为教皇耳,想入非非矣。"一句"帝王思想,人皆有之",吓坏了张之洞、梁鼎芬等人,决定要逮捕章太炎。章太炎闻讯急奔上海,说:"张之洞非英雄也!"堂堂张之洞,《书目答问》的作者,"中学为体,西学为用"的提出者,主张改革,发展实业,学问不错,实践也可以,看来还是不行,"非英雄也"! 世无英雄,遂使竖子成名,世上只剩了转丸的蜣螂而已。

现在可以首先讨论孔子的思想学术同宗教的关系。人类依赖宗教,包括人为的神道设教,已是盖有年矣了。就在二十世纪下半叶,汤因比和池田大作还在鼓吹宗教,说没有宗教是不行的,没有宗教人类的精神将没有安放处。而古代的中国恰恰是一个没有宗教的国家。此点他们似乎不愿注意,甚至不予承认。对载在《论语》中的孔子的言语,他们竟然熟视无睹。"子不语怪力乱神","敬鬼神而远之","不能事人焉能事鬼","敬神如神在",等等。如在,不是真在,是如同在。这不能说很难懂吧。

那时的中国人,沿着上古传下来的风俗习惯,按时按节祭祀山川之神和祖宗之鬼,这不是宗教。第一,它没有信教不信教之分;第二,没有异教徒;第三,没有宗教迫害和宗教战争;第四,在社会行政和家庭之外,没有单独的宗教组织和教职人员等等。正是在这种历史条件和这种社会背景下,孔子才说了上述那些话,才有如此明确的违背一切宗教根本原则的言论,"敬鬼神而远之"。不仅如此,子贡问:"人死有知乎?"这是一个根本问题,人死有知无知,灵魂是否不死,这是神学的核心,神学的立足点。如果死而无知,灵魂有死,神学就一风吹了。而西方的哲学,请不要忘记,恩格斯说的,不过就是神学的婢女而已。孔子对子贡说:"尔死自知之,犹未晚也。"等你死了你就知道了,那时候再考虑这种问题,犹未晚也(《家语》《说苑》)。

在古代社会生活中,神神鬼鬼的事情到处都是,孔子为什么硬要扭着这股劲,硬是不承认灵魂不死呢? 在这里孔子也可以问你,既然中国自上古以来就是一个没有宗教的国家,为什么非要制造一个宗教来麻痹人民呢? 这是在帮谁的忙呢? 要知道,两千五百年以前,正是全世界各种宗教(包括各大宗教)蓬勃发展的时期,在这个时期,整个西方,没有一个人,具有孔子这样清醒的智慧,没有一个人能够说出孔子这样的话,他们也不敢。就是到现在在西方,包括那些口头上反宗教的粗俗不堪的唯物主义者们,也没有孔子这样清醒的智慧。没有清醒的智慧,哪里来清明的政治呢?

《礼记·檀弓》说："孔子曰，之死而致死之，不仁而不可为也；之死而致生也，不智而不可为也。"此处标明是孔子说的，也只有孔子才能说出如此铿锵有力的言论。这看似矛盾却非常统一和谐，非常自然非常实际的言语，正是东方智慧发出万丈光芒的地方，而那些号称研究辩证法的人却反而不能理解，这是因为他们心灵深处的宗教情结太根深蒂固的缘故。这不仅是东西方文化的差异，也不仅是今人古人之间的差异，不必讳言，它也是革命和不革命之间的差异。

不要忘记，孔子死后十年，苏格拉底出生。有些中国人一张嘴就是"伟大的苏格拉底教导我们认识自己"。好吧，他认为自己是真龙天子……袁世凯找几个大鱼鳞扔在自己洗过澡的浴池里，怎么样？普天之下自命不凡的狂徒有的是，在大街上一抓一把，怎么样？你能教他认识自己吗？

孔子只教人"反诸身，求诸己……"一切社会罪恶都在自己（领导者自己）身上找原因。这其实很简单，很好办，只是统治者们永远做不到。老实说，苏格拉底也做不到。西方产生了数不尽的圣贤，却无法产生一个孔子。所以，康有为以及他的"螳螂转丸"的后学们，费尽九牛二虎之力，至今也未能把孔子的思想学说转化为宗教。不仅如此，以至于所有宗教情结深固的人都无法接近孔子。他们从前是批孔家，现在不批了，却来个峻拒，有的则开始赞美孔子，赞美自己不懂的东西。

不仅如此，两千年来，在没有宗教的中国，西方的各种宗教（包括在西方已经没落的各种宗教）都可以到中国来自由传教。但是，有一个最重要的领域，却没有任何宗教的任何活动余地，这就是科举试题。还有什么比着科举试题更重要呢？这是全体士人追逐的目标。全世界哪个国家的文化能有中国文化的如此清明，如此纯净，如此一以贯之的呢？批孔家们咒骂科举，是在科举废除多年以后，这就证明他们都是小丑。曹聚仁的书，直到上世纪末还在大陆畅销。他们咒骂科举，咒骂了将近一百年，却不知道科举是什么。他们工于谩骂，长于诅咒，善于呐喊，却用不着知道什么东西，尤其不需要知道他们所反对的东西。他们从一开始就奠定了无知即无畏和恬不知耻的良好基础。他们是有所凭借的，遵照韩非的教导，他们凭借的仅仅是势而已，势也者，权势也，暴力也。此之谓文化上的痞子运动。

辛亥革命后，从外国留学回来的西服革履的学子们，整天出入衙门，不久变为官僚，满口这个主义，那个主义。群众不了解他们所说的主义，后来证明连他们自己也不了解他们所说的主义。还有比这更可悲的吗？老实说，西方的任何主义，都无法解释孔子，这是为什么，绠短汲深，无可奈何也！批孔将近一百年，只是暴露了批孔者的浅薄与无耻，难道不是吗？

孔子学说的核心是仁，这谁都知道。但仁是什么，仁的界定，仁的意义，仁的解释，其说不一。两千年来，帝王思想占着上风，依靠权势，压制智慧，假仁假义，践踏道德，迷信暴力，好话说尽，坏事干绝，千方百计掩饰他的"三无"（无知、无能、无耻）。这是仁学不得伸张的根本原因，至于思想文化上的原因还在其次。仁的外貌是柔弱的，而它的内涵和实质却是无比坚强，它经受了两千年的蹂躏，如今依然矗立在东方，依然令世人瞩目，这也是不争的事实。

"仁者人也，仁者爱也，仁者爱人也"……这都是通俗易晓，任人皆知的常识。但是，关于仁，关于爱，始终没有得到深刻全面的阐述和发挥，我们只熟悉外国的五花八门的新名词，什么人道主义，民主主义，自由主义，个人主义等等，等等，各种西方破烂，精神垃圾。二十世纪的中国知识分子就像沿街乞讨的孤儿一样，寻找着救国的良方，却不认识自家文化的价值。

仁者二人也；二人者夫妇也；夫妇者两姓也，两族也，亲戚也，这就是天下也。有了夫妇,才有父子,才有兄弟,四海之内皆兄弟也……最后才有了君臣。自有皇帝以来,总是把君臣摆在首位,帝王文化最善于强加于人。其实,在有皇帝以前,君臣是次要的,"民贵君轻",孟子的话谁都知道。孔子还有话,"夷狄之有君,不如诸夏之亡也"。堂堂的学者匡亚明就连这么一句话硬是不懂,说什么"狭隘民族主义"。他们硬是把自己同中国文化隔膜起来,这点功夫着实令人佩服。周天子见诸侯,同姓一律称叔,异姓一律称舅。这就是中国古代的天下观,也就是中国的仁学。谭嗣同不懂这一点,枉写一书。"同姓不婚"发源于何时? 不得而知。它和"五亩之宅"一样,其发源已无从可考。无从可考,不等于没有。"多闻阙疑,慎言其余。"阙者,存而不论也。不要勉强谈论自己不知道的东西。

二十世纪讲究"拿证据来"! 一个人站在那里,自然他有父祖高曾,以至始祖,这不用问。一定要他拿出父祖曾高,以至始祖的"证据"(也就是地下发掘的实物)来,他到哪里去找? 老实说,他本身就是"证据",不相信吗? 你永远不可能从地下发掘出同姓不婚和五亩之宅的"证据"来,不用吹。几个陶罐,几根朽骨……谁也不敢轻视,证明几千年前此处有人居住,不过如此而已。至于同姓不婚和五亩之宅,无从考证。我说,它发生于尧舜之前,你若不相信,你拿出"证据"来,而我有根据。因为,舜就是一个标准的士人,标准的自耕农,而且也是同姓不婚。我们看到了同姓不婚和五亩之宅的事实,这就足够了。不必勉强去谈论他们的源渊,也不能因为不知其源自何代就否定它们的存在和价值。五亩之宅是士君子文化的根,同姓不婚是仁学的根,它们构成了儒家学说,也就是古代经典的基础。

仁者二人也,二人者夫妇也。"君子之道,造端乎夫妇,及其至也,察乎天地。"(《中庸·第十二章》)"归妹,天地之大义也。天地不交,万物不兴。归妹,人之终始也。"(《周易》)仁就是天下。所以"以仁为己任"也就是"以天下为己任"。顾炎武说"天下兴亡,匹夫有责"。在某一件重大的事件之后，没理有枪，强权战胜了公理。这就要问，强权始终能战胜公理吗？曰不能，那么，这就证明了"仁者无敌"。天下同国家不一样，顾炎武分得很清。

仁学是士君子群体的旗帜，是士君子文化的核心，是古代中国礼乐文明的主干。士君子文化产生于上古，后来在尧时代后期，士君子大舜掌权，在他领导下，治理了洪水，然后降丘度土，分田而耕，发展了农业，并且建立了东方礼乐文明的的雏形。

天经地义的五亩之宅，是士君子全体赖以存活的物质基础，从而他们可以耕余而读。他们是自古就有的自耕农。正是他们传承着东方的礼乐文明。这个文明已有五千年的历史。自西汉以后，五亩之宅变为"廛居一亩半"（《说文》）（小亩变大亩，百步为亩变二百四十步为亩）。最后逐渐消亡，继之以察举、选举、科举等等，士人群体依然存在着，并且顽强地发展着。这就是后世耕读传家的那个庞大的群体。他们的根在农村，他们很少受到城市小市民市井文化的污染。他们是典型的亚细亚生产方式下的农业文化。这是西方历史上所没有的。正是他们同帝王思想、帝王文化做着坚忍不拔的斗争。

帝王思想、帝王文化产生于皇帝出现以后。它也有自己的渊源，也有所继承。这就是战争，以及专为战争服务的田税制度中的彻法。"彻田为粮"，行道为粮。"彻者彻也"，全部拿走连锅端。再就是原本也是为了应付战争而设的郡县之制。战争要求高度集中，不仅人力物力的集中，首先是权力的集中。于是帝王思想的特质就是专制独裁。皇帝至上、权力至上、国家至上、暴力至上。没有暴力就没有一切，有了暴力就有了一切。甚至撰写没完没了的《暴力论》，鼓吹暴力、赞美暴力、赞美流血、歌颂流血，"英雄盖世流人血"，都是流别人的血。帝王文化也走向极端，它的极致就是血腥残酷的奴隶制。真正的分田而耕的（井田制的）亚细亚生产方式下没有奴隶制，但是在有了皇帝以后，中国也就有了奴隶制。秦朝速亡，是永远讨论不完的历史课题。"后人哀之而不鉴之，亦使后人而复哀后人也。"

历朝历代在建国初期遇到的反抗，都是由统治者的不仁不义造成的。不仁不义，不讲道德，说了不算，算了不说，这正是帝王们的流氓土匪性决定了的。他们在仁面前，显了原形，真是暴露无遗。仁成了他们的克星，他们越不仁，仁越显得伟大，越深入人心，这是有根据的。这根据就是有一个周文王在，你周武王有什么说的。在伯夷看来，如果周文王在世，决不会兴兵伐纣。纣再坏，你已经是三分天下有其二了，你怕什么。所以孔子说："大武，尽美矣，未尽善也。"孔子的思想可以引出现代最高级的战略思想，难道不是这样吗？这就再一次证明了仁者无敌。

章太炎说了一句"帝王思想，人皆有之"，张之洞等人慌恐万状，这是可以理解的。帝王思想以及帝王文化，两千年来占着统治地位，它之深入人心，深入骨髓，也是可想而知的。以秦朝为例，从"人人自危"到"人欲为帝"，只两三年的时间，这算什么过程吗？这用不着口传心授……多么严酷的历史，多么残酷的现实。每一个拥有绝对权威的人，都逃不脱帝王思想的悲惨命运。天下有比这更严酷无情的吗？帝王思想如此普遍，如此彻底，就是我们，现代人，也深受帝王思想的感染。我们遇到问题，考虑解决它的时候，总是首先想到利用政权的强大力量。我们的语言也总是"我们要"、"一定要"、"必须要"……甚至要求立法，立法再立法，严惩再严惩。其实，"法定则奸生，令下则诈起"，这是老话，任人皆知，说什么"法制不健全"，它什么时候曾经健全过？依靠法制"免而无耻"，等而下之。孔子和儒家从来不这么考虑问题。儒家主张"反诸身"，"求诸己"，"不能反躬，天理灭矣"（《礼记·乐记》）。子曰："道之以政，齐之以刑，民免而无耻；道之以德，齐之以礼，有耻且格。"（《论语·为政》）所以仁学，不是闹着玩的。

　　西方有农业，而没有农业文化，或者有农业文化而没有士君子文化。士君子是中国古典文化的骨干，这就使中国古典学术文化得以延续，从而也就决定了仁者无敌。这一点，用不着大惊小怪，也用不着义愤填膺起而辨别，先去看看自家的古书吧。有空儿战斗，没空儿读书，这是二十世纪中国知识分子的老习惯了，没法说。

　　一百年来，中国的事情一直受着世界形势的决定性的影响，身不由己，在所难免。有人说"形势比人强"，算了吧，从戊戌政变、辛亥革命到文化大革命，哪个形势不是人造成的？个人，个性，权势，偶然，偶然加偶然……说是"在劫难逃"，也对也不对，从事后看，是在劫难逃。九九八十一难，劫波渡尽，老哥还在，怎么说？胡适说："中国不亡，实无天理。"是，这确实是不好理解，不过这是一个现实。不管怎么说，中国没有亡，中国文化没有亡，儒家经典还在，仁学还在，汉语汉字还在，两次焚书坑儒之后士君子并没有死光。这是为什么？难道这不需要我们认真考虑吗？

一一八

太原北郊上兰村,有个窦大夫祠,依山傍水,风景绝佳。院内古木参天,建筑朴雅,匾额上写着四个大字:"仁周三晋"。窦大夫是什么人,孔子说是晋国的贤大夫。

赵简子欲召孔子,孔子应召而往。走到黄河边上,听说窦大夫被赵简子杀了,孔子于是回车而返。他仰天叹道:"丘之不济此,命也夫。"我孔丘不能过黄河,这是命啊。古人提到命的时候,就是认了,那是毅然决然的。子贡问,为什么?孔子说了那几句有名的话:"刳胎杀夭则麒麟不至郊,竭泽涸渔则蛟龙不合阴阳,覆巢毁卵则凤凰不翔,何则?君子讳伤其类也。夫鸟兽之于不义也,尚知辟之,何况乎丘哉!"(《史记·孔子世家》)孔子认为赵简子不义。

窦大夫姓窦名犨字鸣犊,一般都是这么说的,字以表德,也说得过去。不过,也有人说这是两个人。《说苑》:"赵简子曰:'晋有泽鸣,犊犨,鲁有孔丘,我杀此三人则天下可图也。'"《新序》说:"赵简子欲专天下,谓其相曰,赵有窦犨,晋有泽鸣,鲁有孔丘,我杀此三人,天下可王也。"(佚文)《孔丛子》说:"夫子及河,闻鸣犊与窦犨之见杀也……"《汉书·古今人表》鸣犊和窦犨是两个人,在中上,赵简子在下上。《史记·孔子世家》说:"孔子闻赵简子杀窦鸣犊、舜华,临河而叹曰:'美哉水,洋洋乎,丘之不济比,命也夫。'"《家语》和《史记》一样。我们不妨姑且服从《史记》,赵简子是杀了两人,另一个叫舜华。当时孔子处境很危险,他只要一上船就完了,赵简子命令"中流则杀之"。(《新序》佚文,见《三国志·魏志·刘广传》)孔子回车而返,当天住到卫国的陬里,心情不好,援琴而歌,这就是著名的琴曲《陬操》(详见《孔丛子》)。

孔子对子贡(一说子路)解释说:"赵简子未得志之时,需此两人而后从政,及其已得志,杀之。"这是《孔子世家》的说法。《说苑》说:"于是乃召泽鸣、犊犨,任之政,已而杀之。"《国语·晋语》中记载着一段窦犨对赵简子说的话。他说:"臣闻之,君子哀无人,不哀无贿;哀无德,不哀无宠;哀名之不令,不哀年之不登。夫范、中行氏不恤庶难,欲擅晋国,今其子孙将耕于齐,宗庙之牺为畎亩之勤,人之化也,何日之有。"从这一段话里,可以看出窦犨之为人,堂堂正正,光明磊落。他认为"欲擅晋国"的范氏和中行氏,都是因为有野心,才遭到报应。他没有想到他面前的赵简子,不是欲擅晋国,而是欲专天下了。历史上像这种对牛弹琴的事很多,也不好深责窦大夫。不过,赵简子如此野心勃勃,不可能一点蛛丝马迹没有吧,如果窦大夫毫无觉察,则是他的不智,如果他有所觉察,因此才针对性的说了上面这段话,则是他的迂腐。蠢牛木马是劝不过来的,那就是他的本性。仁义道德,谁不知道,只是不肯实行罢了。一般人以为,只要让人说话,事情就好办了。好办什么?窦大夫倒是说了,冠冕堂皇,并且已经载入史册,那又怎么样?不久就掉了脑袋。难道赵简子是坏人吗?很难说。他的儿子赵襄子灭掉智氏,三家分晋,赵国日益强大,在历史上活跃了一百多年,至赵武灵王,胡服骑射,山东六国,独领风骚。

在这里我不禁想起了孔子的学生子夏,孔子死后,子夏教授河西,也就是晋国。战国的法家,都产生于三晋,可以说都是子夏的学生,或者他的学生的学生。子夏晚年儿子死了,眼睛瞎了,怨天尤人,痛哭不止,因而受到曾子的严厉批评。这都是任人皆知的事情,而这就正是三晋文化的根。秦始皇一起手,先灭了三晋,其中他最恨赵国,曾亲自到邯郸,把邯郸夷为平地,这都不必细说。

秦国能够迅速强大起来，也是靠法家政策，商鞅就是三晋人。所以秦国折腾得很凶，倒台也很快，二世而亡。历史就是这样，在精明人的手里，就这么糊里糊涂地发展下来。要说有规律，似乎也没有；要说没规律，似乎也有点，就看你怎么看，怎么说了。

三晋欲专天下的霸道思想，并不从赵简子开始，在晋文公时就形成了。晋文公即位第二年就想用兵中原称霸，子犯说民不知义，于是纳周襄王以示义。晋文公又想用兵，子犯说，民不知信，于是伐原以示信。晋文公说可乎？子犯说，民不知礼，于是大蒐(检阅)，令民知礼，最后一战而霸(详见《晋语》)。在这里，信、礼、义等等，不是道德，而只是策略，可见不是真的。因此说法家都产生于三晋，绝不是偶然的。孔子说："晋文公谲而不正，齐桓公正而不谲。"(《论语·宪问》)谲者，诈也。呜呼，良有以也。

不过，话又得说回来，孔子知道认命，知道君子讳伤其类，知道择主而事，所以非常聪明，非常伟大。窦大夫能说直话，掷地作金石声，不怕杀头，所以虽然不太聪明，却也十分伟大。至今还有窦大夫祠留在人间。山西人不简单，随你历史情况如何，他们尊重自己的乡贤，念念不忘窦大夫。赵简子的祠堂在哪里，没有。乡民们到现在只知道有个窦大夫，不知道赵简子是何许人也。

据传说，日本鬼子打到太原，问窦大夫祠在哪？太原人说不知道。也许他问的那个太原人就是不知道，也许知道不告他……也许就连这打问窦大夫祠的事，也是瞎编的。不过，怎么不编别的，偏偏编个窦大夫祠呢？

人们的记忆就是历史，称王称霸的英雄人物们，轰轰烈烈地不可一世，总归也都过去了，到现在留在记忆中的，只有一个真正的士君子，贤能的窦大夫。他的死，标志着阴谋家野心家控制了历史。孔子没死，真是不幸中之大幸。孔子作《春秋》，乱臣贼子惧。

附录

南管头人

我出生在狼牙山镇南管头村,北头,张姓。

南管头地处五回岭古道之上,《水经注》多次提到五回岭古道。有文字记载的。《史记》称,秦始皇十八年攻邯郸,灭赵,赵公子嘉自立为代王。代在蔚县。到二十四年,代王嘉联合燕国抗秦,他就是走的五回岭古道进入燕国。他的军队在画猫儿这个地方,与秦将王翦遭遇,发生激战。于是这一段河水就有了一个独特的名字,叫"乱营河"。这段河在南管头北边一里地。赵王嘉在这里战死,他就被葬在他战死的地方,后人称"王子坟"。王子也者,不是国王的儿子,只是有点贬称的国王而已(详见寿鹏飞编著《易县志稿》)。

南管头在狼牙山南,山南向阳,民性刚,山北向阴,民性柔。以恒山山脉东端而论,战国末,山南出了荆轲和高渐离,山北出了个王次仲,他是创造今隶书法的人,也是反秦的英雄。南管头人老实,在村里,人们喜欢钩心斗角,出了村,都是老实圪垯。南管头抗日战争期间参加革命的老同志,都非常老实正派,对革命忠心耿耿。张庆源,李德明,李登隆,李登经……

南管头没有出过举人、秀才之类。从前在科举时代,有人中了举就要在大门前立个旗杆。在我们那一带山村里,没有一根旗杆,可见没出过举人。没有举人那就更谈不上进士了。所以南管头没有出过封建官僚。村里倒有贫富之分。说到贫富之分,大概上古就有,古书上说:"象曰:牛羊,父母,仓廪,父母,干戈朕,琴朕,二嫂使治朕栖。"(《孟子》)可见是有富有贫,有私有财产的。

南管头在土地改革中(1947年)，出了一家地主和几家富农，不过这种地主富农，不同于山外良田千亩雇工数十的地主富农，充其量不过就是几十亩地，十来间房，相比之下生活比较好过一些罢了。从太行山到吕梁山，在这一片广大的山间村落里，这种吃糠咽菜的地主富农多得很。正是他们，苦巴苦业地供自己的子弟们出外求学，当然都是洋学堂。正是这些洋学生们，发动并领导了国民革命(辛亥革命)和共产革命(1949)，土改中却抄了他们的家，扫地出门，家破人亡，这等于断了他们的后路。革命发展很快，他们也只好忍痛向前，可以说是一往无前。

南管头在抗日战争中，出了一位有名的烈士，他叫李君玉，易县至今有一个村子以他的大名命名，"君玉村"，在紫荆关附近。这位英雄出生在南管头的唯一的一家地主家里。烈士的遗孀和一个女儿，土改以后，头上顶着地主婆和地主子女的帽子，受了不少窝囊气。阶级斗争嘛，能有什么办法？李君玉的一个战友姓杜，后来做了保定地委书记，经他三令五申，文革前才给李君玉的遗孀摘了地主分子的帽子。种种往事，说来话长，一言难尽。

改革开放以后，村里的有识之士们就商量着给李君玉立个碑。李和平大声疾呼："这是拨乱反正的大事！"虽有张林鹏、李和平、李庆宇等人的呼吁，可就是二十年不见动静。没有人明确反对，可是就是干不成。文革的"以阶级斗争为纲"的包袱，压得人们喘不过气来。近几年，人们的生活好了，村里是一派兴旺的景象，领导班子也是一换再换，村民们看到这件事应该办了。村支部和村委会决定要办此事，新支书李占军上台，毅然决然着手办理。他请我撰写碑文，我的碑文是这样的：

民族英雄纪念碑(碑额)

抗战先烈李君玉(原名德润)乃南管头乡绅李凤阁之子，李德鑫之弟也。君玉生于一九一五年,一九三二年出外求学,加入中国共产党。抗战军兴奔赴前线,一九三九年任龙华县抗日政府民政科科长,为开辟敌后抗日根据地做出诸多贡献。一九四二年三月六日与日本鬼子遭遇,在激战中壮烈牺牲,时年二十八岁。边区政府为表彰君玉的功绩,决定命名其牺牲地为君玉村(在紫荆关附近)永为纪念。此乃南管头之光荣也。

当此纪念抗战胜利六十周年之际,南管头村民特建此碑,并邀张林鹏撰写碑文,用为缅怀先烈激励后人。

公元二零零五年八月十五日日本投降日立石。

碑料用满城的青石,并请保定高手汪双喜镌刻。狼牙山镇党委非常支持此举,党委出钱建了一个漂亮的碑亭。碑亭就建在南管头后坡高处。南管头的老革命、李君玉的堂弟、原黑龙江省文化厅厅长利化(原名李德明)题写楹联,文曰,"天地有情留正气,江山无恙慰忠魂"。利化是著名书法家,曾经任黑龙江省书协主席。这副楹联写得非常优美,为碑亭增色多多。

揭幕式上来了很多人,县委宣传部长讲了话,镇党委书记讲了话,最后欢迎我说两句,下面就是我的即兴发言。

"我是南管头人,并且曾经是狼牙山小八路。今天南管头给李君玉立个民族英雄纪念碑,这是大好事,我躬奉盛事,倍感欣慰。

我们面前站着一个强大的日本,所以我们永远不要忘记抗日战争。六十年前的抗日战争,是一场真正的人民战争,并且是全世界人民反法西斯战争的一部分。这就是第二次世界大战。二战的胜利,奠定了持久的世界和平。在这一个时期,人类各方面都得到了飞速的发展。这一发展变化使全人类进入了一个全新的新时代。过去的一切都过去了,都结束了。阶级斗争结束了,革命运动结束了,它们永远地结束了。这就是建立李君玉民族英雄纪念碑的伟大历史意义。这件事情非常伟大,这要谢谢狼牙山,谢谢南管头,谢谢大家。"

我以我是狼牙山镇南管头村的人,又是李君玉的本村乡亲而倍感自豪。此前我有一首小诗,一并抄在这里:

"儿时戏耍地,山顶有棋盘。老来一张望,辛酸不可言。"

后 记

　　此三十年来读书所得也，虽说平淡无奇，总也是一个平民的所思所想。献曝之意，读者谅之。

　　后面的几篇曾以不同标题发表过，思想内容大体一致，删除标题，编入此书，凑成一本而已。

　　　　　　　　　　　　　　二〇〇九年一月二七日，大年初二

　　　　　　　　　　　　　　八二叟林鹏于东花园